塞 普 尔 维 达 作 品 系 列

失落的南方

〔智利〕路易斯·塞普尔维达 著
〔阿根廷〕达尼埃尔·默琴斯基 摄影

轩乐 译

人民文学出版社

著作权合同登记号:图字 01-2017-5609

ÚLTIMAS NOTICIAS DEL SUR
by Luis Sepúlveda
Copyright © Luis Sepúlveda and Daniel Mordzinski, 2011
by arrangement with Literarische Agentur Mertin lnh. Nicole Witt e.K.
Frankfurt, Germany
All rights reserved.

图书在版编目(CIP)数据

失落的南方/(智)路易斯·塞普尔维达著;
(阿根廷)达尼埃尔·默琴斯基摄影;轩乐译.—北京:
人民文学出版社,2017
(塞普尔维达作品系列)
ISBN 978-7-02-013454-0

Ⅰ.①失… Ⅱ.①路…②达…③轩… Ⅲ.①游记-作品集-智利-现代 Ⅳ.①I784.65

中国版本图书馆 CIP 数据核字(2017)第 255207 号

责任编辑　卜艳冰　潘丽萍
封面设计　汪佳诗

出版发行	人民文学出版社
社　　址	北京市朝内大街 166 号
邮政编码	100705
网　　址	http://www.rw-cn.com
印　　刷	莱芜市圣龙印务有限责任公司
经　　销	全国新华书店等
字　　数	96 千字
开　　本	850 毫米×1168 毫米　1/32
印　　张	6.25
插　　页	2
版　　次	2018 年 1 月北京第 1 版
印　　次	2018 年 1 月第 1 次印刷
书　　号	978-7-02-013454-0
定　　价	35.00 元

如有印装质量问题,请与本社图书销售中心调换。电话:010-65233595

给我亲爱的兄弟奥斯瓦尔多·索里亚诺。

在布宜诺斯艾利斯,我们最后一次告别彼此。

一人继续向世界之南走,

另一人,往灵魂之南去。

给那些南纬四十二度以南的收留我们的好人。

目 录

001	关于本书
001	在路上……
007	ANAYA ENEA
022	我的回忆之心
033	塔诺
047	醉鬼的故事
066	奇迹女士
081	治安官
103	"巴塔哥尼亚特快"的最后一段旅程
132	小精灵
149	巴塔哥尼亚的高乔人
164	世界尽头的电影院
183	感谢

关于本书

一九九六年的一个下午，在巴黎喝马黛茶时，我们产生了创作这本书的想法。我和达尼埃尔·默琴斯基，也就是我在随后整个旅途中的"伙伴"，想做些什么来超越长久以来把我们带向这个广阔世界、为各个杂志及报纸提供报道的图文互衬的合作关系，因为从前那些都是篇幅及图片数量有限的任务，而且在发表前常受犹疑的信念所束缚。

于是有一天我们奔赴世界之南，去看看为了那点儿报酬会找到些什么。我们的路线很简单：照常理，从圣卡洛斯-德巴里洛切出发，自南纬四十二度，在阿根廷界内向下直到合恩角，再从智利境内的巴塔哥尼亚返回，直至奇洛埃岛。大约三千五百公里的路程，虽然路线很简单，但却免不了要碰上英国游客留下的痕迹，他们总要在旅程中去印证某个设想，如果它与他们所遇到的现实不相符，那么就是现实的错了。

我们也有个设想：两人可以在那趟旅行中跑完上述行程，但几乎所有我们看到的、听到的、闻到的、吃到的、喝到的都让我们迈不动脚，于是一个月之后我们发觉自己连几百公里都没有走到，不过因为我们不是英国人，所以我们忘了那该死的设想。

回到欧洲的几个星期后，我的伙伴交给我按照工作规格整理的一文件夹漂亮照片，之后我们就再没有说起那本书的事。我们在南方所看到的和经历的变成了与朋友聊天时的话题，他的和我的女伴对我们那段风餐露宿的背包客日子中的许多趣事都了如指掌，他的和我的孩子们也都认真地听过两个老旅友的讲述，也许正是他们促成了这件事走上正轨。我们再也没有谈起过书的事，因为我的同伴知道，书是些很奇怪的东西，难以预见，有些故事偏爱在人们微醺的时候被讲出来，它们喜欢在叙述者的口中用千百种方式调试回转，直到某一刻，它们决定（也只有它们才能决定）变成纸上的文字。

我的书总是它们自己编排的，秩序随性、毫无章法，因为它们不想成为作者的回忆录，而想成为集体的记忆，它们一点一点书写，仿佛最美好的人拼尽全力所捍卫的纯净而清

洁的空气。

  接下来书中的每一个故事都确实地，被不可避免地失落了的事物的气息、被奥斯瓦尔多·索里亚诺①口中的"遗失事物清单"所围绕，这是我们这个时代所付出的残忍代价。当我们没有固定的方向、没有确切的时间表、没有指南针，也不耍任何花样地走在路上时，总将同样的人聚集在一起的惊人的命运转轮让我们遇到了许许多多康斯坦丁诺斯·卡瓦菲斯②的诗中所说的"野蛮人"。他们的梦一度令人恐惧，于是人们拖垮了他们，把他们抛向了极偏远的地区，并决定将他们幽禁在那里。然而，尽管如此，他们的梦仍令当权者们睡不着觉，后者警惕着"野蛮人"归来的危险，这种威胁成了他们的心魔。于是银行发布命令让"野蛮人"丧失了信用，三个没有独立思考能力的人合写出关于"野蛮人的愚蠢"的书。而"野蛮人"却用种植林木的方式来回应，他们想象着另一种可以替代主流制度的去人性化特征的可能性，并为了

---

① 奥斯瓦尔多·索里亚诺（1943—1997），阿根廷作家，一生从事新闻工作，著有《悲伤、孤独和最后的人》等作品。
② 康斯坦丁诺斯·卡瓦菲斯（1863—1933），希腊诗人，长居亚历山德里亚。诺贝尔文学奖获得者埃利蒂斯称他"与艾略特并驾齐驱"。

在活着这个动词之外活出些别的什么而经营着生活。

就这样，我们和他们，和那些"野蛮人"喝着马黛茶，看到南半球的曙光用迅捷的笔法写下了卡瓦菲斯那首诗的最后几行诗句：

可是已经入夜了，那些野蛮人还没有到。
一些刚从边境过来的人
说野蛮人已经不存在了。
没有了野蛮人，我们该怎么办呢？
那些人曾经是一种答案。

书真是奇怪的东西。在四年前它就决定了自己的样子，当时我们正坐在一架单薄的随风飘荡的小飞机上飞越麦哲伦海峡，飞行员咒骂着阻碍他看到着陆跑道的云雾，方向已是荒谬的存在，那时我的同伴说，就在底下，有一些我们需要的故事和照片。

的确，事实就是如此。我们回到了欧洲，他回法国，我回西班牙，又一次地，我们放下了这本书的事。我的同伴一直都不知道，这本慢慢写成的书是我的避难所，是我每次感觉良好时都会回归的地方，因为记忆中幸福的旅程就是这样。

有一天，我觉得终稿已经完成，是说再见的时候了。没有什么比一个人为喜欢的一段故事或一系列故事画上句点更艰难。这是最终的告别，再也不会回到那些渐渐获得生命的书页的幸福中去了。

这本书诞生时是两个同游伙伴的游记，但是时间、经济形势的巨变和胜利者的贪婪将它变成了一本滞后新闻的集子，一部关于已消失地区的小说。我们见过的所有事物都不再是此前所见的模样。从某种程度上说，我们是在世界之南见证一个时代终结的幸运儿。那是成为我的力量与记忆的南方，那是我用尽爱意与愤怒紧紧抓住的南方。

这些，就是《失落的南方》。

在路上……

我们上路时并不知道那一年朱丝贵竹开花了。这样的情况出现，一个世纪里也不会超过三次，因而格外应当去探看一番。朱丝贵竹是一种安第斯山竹，生长在山间深谷中。它扛得住风雪，禁得住南方漫长寒冬的凛冽和短暂夏日阳光的酷烈。竹竿高度通常可达数米，坚硬而强韧，叶子的淡绿颜色里满是山地的喜悦。

巴塔哥尼亚的第一批居民用朱丝贵竹竿撑起原驼皮来搭建他们的茅屋或帐篷；在欧洲人征服美洲时期，他们也用它制造过阻挡了多个侵略军骑兵部队的长矛；而后到一八八〇年，当大批移民开始来到南半球的土地时，英国媒体强调的不是那个世界脆弱的美丽，而是它的经济潜力，依附在"悲哀的消灭野蛮人的需要"上的经济潜力，于是那些竹竿长矛与弓箭、投石索又重新投入了对侵略者的战斗，然而这一次，它们被篡权者的子弹和讼棍风格的狡辩击垮了，这些篡权者觊觎着自己永远不会热爱的土地，觊觎着会养肥欧洲银行家的财富，觊觎着历史仍旧没有开始评判的声誉。

巴塔哥尼亚的印第安人与朱丝贵竹保持着绵长的关系，这不仅是因为它的用处良多，同时也因为它悲剧性而又信实可靠的神谕力量。每一次朱丝贵竹开花，充满苦痛与毁灭的时日便要到来。它的花朵呈浓烈而有预示性的红色，特维尔切人会依看到它开花的次数来算自己的年纪。谁若是曾不止两次地见过这奇观，那他一定可以坐在炉火旁讲出许多故事。

今天，巴塔哥尼亚只剩下为数不多的特维尔切人[①]和马普切人[②]。他们执拗地守着自己的尊严，决心不再做给游客提供消遣的民族版图上的可爱小细节，是艰辛的生存者。他们沿安第斯山脉两侧生活，拥有惊人的依记忆传承的坚忍文化。其他的民族已经向没有任何人能确定其后果的 种进步的规则屈服了，学者在偏见和猜疑的窥视下收集了回忆与见证，然而在那些民族中，连这样的回忆与见证都几乎没有留存下

[①] 特维尔切人，阿根廷巴塔哥尼亚和潘帕斯草原上原住民族的统称。
[②] 马普切人，居住于智利南部及阿根廷西南部的讲马普切语的原住民族统称。

来。战败者的故事很难书写，然而朱丝贵竹依然在那里，在山谷里生长着，冬季会将它与穷苦的高乔人漂泊的终点汇集在一起。

当三月缩短白日，地鹬穿过天空去躲避冬季的严酷，风在山谷中搅转着云雾时，高乔人会把成群的家畜聚集在一起，赶着他们上山去冬季牧场。在这片脆弱的土地上，牛并不多。这里最早牧养着原驼，后来在羊毛生意的黄金时期，又有上百万只羊曾踏过这里。

在山脉的斜坡上，牲畜会被赶到甘蔗园间，山的侧壁会保护它们，令它们免受寒风之苦。很快就会开始下雪，甘蔗上的雪量逐渐增多，它们会被压弯腰、曲成拱形，形成天然的牛圈。在甘蔗与白雪搭成的屋顶下，动物们吃着朱丝贵竹的叶子，那是它们撑到来年春天的丰富的营养来源，它们还会喝滴入水塘的水，会自己移动甘蔗，好让粪便中的沼气发散出来，免得自己窒息。九月时，高乔人会回来，并把它们赶回到夏季的绿色山谷里，赶回到能养肥它们的柔嫩牧草上，赶回到交配的欢愉中，赶回到可怖的挑选里，在这种挑选中，它们中的一部分可以继续活下去，而另一部分则会向能开膛破肚的秃鹰的利爪、向美洲狮的尖牙屈服投降，或者，从荣耀的烤架上为人们的生活染上香气。

朱丝贵竹继续在山谷中生长着,根茎探入被牲畜粪便滋养着的泥土深处。

在我和同伴上路的那一年,朱丝贵竹最后一次开了花。它的可以预言的红花将安第斯山区的巴塔哥尼亚染成了红色,其实不用等太久,就会知道不幸会从哪里来。

ANAYA ENEA

当我的祖母苏珊娜在祖宅的葡萄架下布置巨大的家庭餐桌，用心地对称摆放酒杯和拣选新鲜的花朵时，柠檬正散着香气，绣花餐巾则仿佛是摆放在它的"anaya enea"的欢迎旗帜。之后祖母会昂首站在门前等待她的儿孙和朋友。她从未忘记的巴斯克语饱含充满魔力的词汇，比如这两个：anaya enea，意思是兄弟姐妹相聚之地，对我来说，这个地方就是布宜诺斯艾利斯。

我在那里时正赶上空中电闪雷鸣，一场大雨落在了拉丁美洲最具活力的城市上。空气闻起来像苏珊娜·里纳尔迪[①]曾唱起过的兰花楹。天空毫不羞耻地打开了它的船闸，雨水将街道据为己有，然而早晨仍是美的，因为漂亮的本地姑娘会

---

① 阿根廷歌手兼演员。

急匆匆地走过，大雨会把衣服紧贴在她们的身体上，带给她们诱人的第二层皮肤。云朵泼下雨水，挂在报亭里的报纸唾骂着人类社会中新英雄的名字。

时任美国国务卿、国际货币基金组织发言人（这两个名号总是连在一起）的沃伦·克里斯托弗宣称，身为新自由主义的坚定捍卫者和军火贩子（这两个名号也总是连在一起），阿根廷经济部长多明戈·卡瓦略对开始持续发酵升温并将最终摧毁国家的悲剧负有责任。后者就是那位人类社会的新英雄。

英雄太少了，路易·阿尔都塞①探头看着失智症的鸿沟宣称。

英雄太多了，瓦尔特·本雅明在自杀前哀叹。

被冠上名字的英雄主义是可憎的：两行所谓的功勋、空头支票上编出来的荣耀，还有拍卖会上拍出的价值。每一次美国人说起自由、上帝或者英雄主义时，为了躲避危险，我都会尽力做我最擅长的事，也就是说，去浪费时间。

---

① 路易·阿尔都塞（1918—1990），马克思主义哲学家，年老时患失智症。

为了做到它，最好的办法莫过于进行一个简单的逻辑证明，比如，我们说："用于旅行的火车票在火车站出售。"然后再去验证一下这个常理，虽然它看起来繁琐又无用。我做的第一件事是打电话给简称读起来很像象声词的机构——阿根廷铁路基金会（FIAF），我记得他们有美洲最好的铁路博物馆。

在布宜诺斯艾利斯的电话黄页上，有三个电话号码印在了那个简称下。我打给第一个时，是一位女士接的，她用和蔼到忧伤的话语告诉我，因为阿根廷铁路的私有化，她丢了工作。基金会现在没有办公楼、没有博物馆，也没有电话了，她只不过碰巧在那里想拿回一些个人物品。第二通电话是一个声音冷漠的男人接的。他用事不关己的态度说他来基金会的旧办公室是为了拿走几个星期前拍卖会上拍下的地毯，不过他还加了一句说，我可以在雷蒂罗咖啡馆找到关于阿根廷铁路的任何资料。每个星期四，FIAF 的老同事、老领导都会在那家店里喝上几杯，然后再聊聊火车。第三通电话没有人接。一部电话在一个空荡的办公室中徒劳地响了，就像在一场探戈舞会上响了一样。

浪费时间也需要方法。下一步就是要去最近的一个车站：

雷蒂罗站。

那栋美丽的建筑透着怀旧之情。整个布宜诺斯艾利斯都被罩在了一种怀旧的锈色下，但一点儿也不哀伤，因为一个充满了工程的社会的好时代曾经存在过；作为文化辐射圈中心的那个世界性的、开放的城市也存在过。那有尊严的贫穷也存在过。人们怀念被卷走的，而不是想象中的事物。

大厅精致的地砖讲述着一个个走向未知目的的漫长旅行，其上倒影所发出的不真实的光芒创造了一种犹疑的气氛，这种气氛一定曾将那些移民包裹起来，他们从边境各处到此地，建造一个名为阿根廷的不朽工程。

十三个售票窗口排成一排，贴着椭圆形的绿色瓷砖，栅栏上的木制扶手已经被千万只手、被千万股情绪磨得发亮。在大厅一端的光线昏暗处有一个在嵌板上展示的展览。举办它是为了庆祝车站建成八十周年，在一切都是新事物的大陆上，这一天是这个新生古迹的大日子，因为拉丁美洲人的古代就是从我们这里开始的。

嵌板上展示着火车线路设计图，还有一家供应马拉加瓷砖和葡萄牙地砖的英国公司的商品目录的复制品。在中间还有一份缺失物品的详细介绍。

近八十年间，这里一直存放着前阿根廷中央铁路局的一九一号蒸汽火车模型。其原车仍旧保持着由传奇司机弗朗西斯科·萨维奥所创造的铁轨火车的速度纪录。这个按比例缩小的模型已经变成了雷蒂罗车站的象征，并且只需投入一小枚硬币，它的轮带、连接杆和联动装置就会启动运转。然而一九一号火车并不能庆祝车站的八十岁生日了，因为它并不在这儿，他们卖了它，洗劫了它，按比例缩小的模型同样不在这里。在被流放的日子里，它的曾经让千百个孩童（相信其中一定曾有过您的身影）惊叹的机械装置已经不能运转了。它想返回自己的历史位置的愿望被拒绝了。甚至暂时的回归都不可以。我们不否认：有火车的地方就有生活。阿根廷铁路基金会。

我就是对一九一号着迷的人之一。小时候，每到夏天结束，我们一家就会从智利的圣地亚哥坐火车到布宜诺斯艾利斯。那是穿越安第斯山的一段长途火车之旅，列车会攀上山脉，直到到达第一个边防岗哨大站：救主耶稣站。所有人都

会在这个海拔将近四千米的地方下车，去走一遍过关程序，那时，写在花岗岩上的字句的力量让我颤抖："智阿兄弟情长，直至此山毁灭。"

最终目的地是奥赛，犹太区。我们会在那里买抵抗圣地亚哥严冬的衣服，还有书，很多的书。当布宜诺斯艾利斯的夜晚降临时，在苏依帕恰街的一家酒店里，哥哥和我会再看一遍比利肯出版社的珍贵书籍，还有巴托路素的连环画，大人们则会穿着他们最好的旧衣服去远处说说话。

那时只要一到达雷蒂罗站或者要从那里上路返回圣地亚哥，我会做的第一件事就是往机器里塞入一枚硬币，启动一九一号那非凡的机械装置，让它的钢铁肌肉动起来。我那时梦见过，并且还会再梦见那机器。我不在意自己是否是勇敢的男人，但是我知道自己并不惧怕死亡，因为我总是把它和那部老旧的蒸汽火车联系在一起。它会在 个空旷的站台上等我，我把最后剩下的一点儿钱都投入了沟槽，于是联动装置动起来，股股蒸汽喷出来，我头也不回地上车、离开。没别的了。

在中央大厅的另一端，一些现代的机械手用铝合金及玻璃建起了一栋蛮横的圆顶建筑，那里摆放着"顾客服务"的牌板，对于私营主来说、对于人类社会的新英雄来说，"旅行者"这个词让人很不舒服，甚至很惹人厌。我们已经不再是人或者市民，而是一个透明的、被摄像头监视着的妓院的客人；里面没有女人，只有硅胶做的不抽烟、不喝酒，也不唱歌的娃娃，拉皮条的展示的不是他们骄傲的伤疤，而是芝加哥学校的学历证明。

在这圆顶建筑里，一位老人正试着让一位举止冷漠的年轻雇员听懂他的话：

"四十五年。我为铁路工作了四十五年。明白吗？"老人强调道。

"这和我有什么关系？事情和以前不一样了。铁路已经私有化了。"那位雇员说。

老人紧攥着一张塑料纸片，那是证明他是铁路系统退休员工的相应证件，本来凭它是有权购买打折车票的。我看到他沮丧、困惑地离开了。那位老人很可能就是弗朗西斯科·萨维奥，那位神秘的、创造铁轨火车速度纪录的司机。那位老人就是被人类社会的新英雄打败的人之一。

"人们都不想去了解国家已经变得现代化了。"轮到我时，那个年轻雇员为自己解释道。

"下一班去巴塔哥尼亚的火车什么时候开?"

我看见他听到这问题后一脸惊愕,随后又努力严肃地思考起来,继而又摆出一副便秘般的思索姿势,好回忆起顾客服务手册上的答案,在新自由主义的调整时期,他们有的只有指令:因为顾客永远都不知道自己要的是什么。

"在机关里他们会告诉你。"他带着明显的不快说。

"机关。"这是一个可怕的单词,他和另一个更坏的单词联系在一起:"魔鬼。"

在探明了那是个轨道交通的普通机关之后,我和拉莫斯·梅希亚一起走向了名为解放者的街角。雨还在下,几道闪电撕裂了布宜诺斯艾利斯的天空,已经湿透了的我站在老旧的阿根廷铁路大楼的前台服务人员面前。那是一个掩饰不住萨尔塔人口音的老好人模样的男人,他一边听我说话一边点头示意明白。

"亲爱的,我不知道该和你说些什么。学校都疯了吗?要把你送上火车去巴塔哥尼亚。之后要是学生们不学习了,他们又要骂人了。"

那位先生的视力有很严重的问题,不过我还是很感谢他从我身上拿掉了些岁数,把我当成了学生。我摆出一副殉道者的神情，向他坚称我要坐火车去巴塔哥尼亚。

萨尔塔人叹了口气，透着担心和同情。

"知道咱们要怎么做吗？你把你的身份证留给我，我给你这张访问卡，你上到九楼去，找个能告诉你怎么做的人。"

为什么要上九楼？带着这个一定会伴我终生的问题，我上了电梯。有些人专门负责无意地激起那些维持我们生命的疑问。电梯往上升时，我记起了从前的一位智利老师，他总是感叹："天很冷，但多弥获拉的床更冷。"有一天我问他这句话什么意思，他回答我说是塞万提斯作品里一句古老的谚语。一年年过去，我完完整整地读过了塞万提斯的所有作品，也查了很多语种的多部谚语辞典，却从来没有找到关于多弥获拉的床的任何线索。

在第九层，我看到了搬迁的悲伤氛围。一些办公人员正把文件夹塞入大纸盒，另一些一边抽烟一边看着雨水，还有些在推空空的书桌或是带着鳏夫寡妇的神情望着墙壁。我不愿添乱，于是跑遍了走廊，想找到一些指引性的字眼，比如"南部""南方""世界尽头"之类的，最后我看见了一扇上面写着"秘书处"的门。

我敲了几遍。因为没有人应答，便走了进去，看见了一

个说实话很有魅力的姑娘,她正把电话听筒贴在一只耳朵上。她一面说着,一面熟练地噘着嘴卖弄风情,好像是一个叫费利佩的正在坚持约她出去。她回答说今天不行,明天也不行,也许周末可以。我做出要走的样子,但她用一个手势阻止了我。

"你等一小会儿,费利佩。"在转向我之前她说。

"我想知道在哪儿可以坐上去巴塔哥尼亚的火车。"我向她抛出了完美无瑕的微笑。

她蓝色的眼光露出了悲伤。电话在她装饰着多个戒指和手镯的手中显得颓萎消沉。

"雷蒂罗车站顾客服务部的人告诉我说您是机关人员。"我无辜地加了一句。

公务员真是有魔力、秘密,还有深不可测的神秘,我的话竟打动了她,她于是向费利佩询问起来。

"你得去依波利托·伊里戈延街,二五〇号,十二层,一二一〇办公室。国家轨道交通委员会在那儿办公。那是经济部的办公楼,就在玫瑰宫①对面。"她带着一种教育人的满

---

① 玫瑰宫,阿根廷民主共和国总统府所在地。

足感说道。

"费利佩确定吗?"我坚持问道。

于是她伸出镯子叮当响的手臂按下了免提,好让我听到费利佩确凿的肯定。真是个好人,费利佩。

在人类社会新英雄的家,十二层,一二一〇办公室里,一位六十岁左右的金发女士接待了我,而后又立刻把麻烦推给了一位铁路工程师,于是厄运到这里就终结了。当时是正午时分,他一定仔细想了想牛排的美好,不过还是把我请进了办公室。在海洋一般的图纸之中,他问我有什么可以帮忙的。

"我想知道在哪儿能坐上去巴塔哥尼亚的火车。"我最后一次重复道。

"在雷蒂罗车站他们会告诉你相关信息,那儿有一个顾客服务部。"他犹疑地看着我,对我说道。

我离开了那个英雄的老巢,口中满是胜利的味道。那些私营主、现代化推手和赢家们既有权又有钱,他们的卫星和摄像头让他们确信自己能控制一切,但有些东西从他们手里溜走了:他们不知道怎样穿越那道屏障——一侧是已经上升到吝啬美学的利己主义,另一侧是一个世界,人们在那儿继续接受着不确定性,这里的不确定性并不是不幸,而是令人们窥见细小的确定性的原动力,它们的集合是事物存在的根基。那些赢家不知道怎样才能去巴塔哥尼亚,但我知道;他们同样不知道,在拉布拉塔河岸旁所延展开来的,远不止一个会买卖交易的城市。

我的回忆之心

我们决定去艾德尔维斯吃晚饭,因为有时背叛那份引领我们在布宜诺斯艾利斯游荡至天明的遗失物品清单能让我们感到快乐。那地方从前总是挤满了喧闹的食客,但我们去时已经几乎空空荡荡了,不过图可酱①饺子可没被经济危机夺走它们一贯的味道。我们吃了饭,喝了瓶红酒,在喝咖啡时安利奎·品蒂加入了我们,他是单口相声演员,是拉丁美洲最尖酸刻薄的幽默家,也正因此,他也是最有危险破坏力的人。然而,那台抛射尖刻机智话语的机器那一晚几乎没有张口,他只是加入了两个靠近奥斯瓦尔多·索里亚诺、安静地听他讲述的侍者。他刚刚出版了《没有阴影的时刻》,那是他所写

---

① 图可酱,一种在智利、阿根廷、乌拉圭等南美国家常见的意大利面食调味酱。

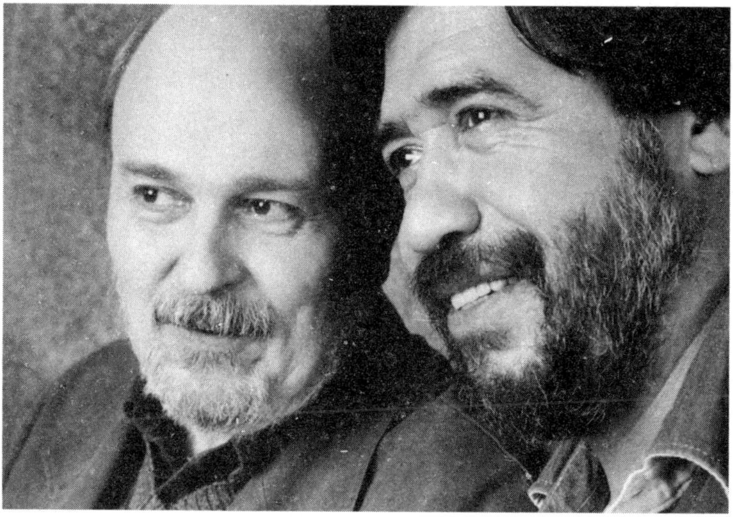

的最后一部小说，他对我们说，有一些作品会在作者写作时保全他，而写作本身会化作一场斗争，交战双方为加长篇幅的企图和作者的厌恶炫技、厌恶无意义地拓展篇幅的诚实。

"还有另一些，"索里亚诺说，"会欺骗作者，它们会抗拒必要的结尾，把作者带到不该靠近的深渊中。"

"就像生活。"一个侍者这样想。

"恰恰如此。"索里亚诺表示同意，因为在形成一个作家信仰的信条集合中，他格外地相信某一种：这种信条会提醒我们，不要把某本书中流过的生活和在小吃另一边正沸腾着的生活混在一起。当我们阅读或写作时，我们正在完成一种逃离行为，那种最纯洁、最合法的逃避。从中离开的我们会更强大，会焕然一新，也许还会更好。虽然有如此之多的文学理论，但在内心深处，我们这些写作者就仿佛那部默片中的人物，将酸橙塞入蛋糕里，于是那囚徒便割断了牢房的铁条。我们让暂时的逃离更加容易。

我们从艾德尔维斯离开后，如往常一样，又开始在这座人们又爱又恨的城市的宽阔大街上漫无目的地走。每隔一段时间，报亭的卖报人或是咖啡馆中的年轻人就会把我的朋友拦下来。

很好，索里亚诺。要继续保持啊，索里亚诺。我们爱你，索里亚诺。他们这样对他说着，我很为我的朋友感到骄傲，他仍旧像平日那样腼腆，一面低声道谢，一面在齿间啃咬着一丝一丝燃尽的古巴雪茄。自从一位医生禁止他吸烟之后，每个早晨（奥斯瓦尔多·索里亚诺的早晨始于每天下午五点）都会买一支蒙特克里斯托①，而后一点一点地啃咬，那姿势仿佛一只很有耐心的河狸。

我们走着，谈论着那些不在了的朋友，谈论着那些我们热爱的魂灵，谈论着书籍和旅行，尤其是那些不是被宝丽来胶片而是被无法磨灭的笔墨记录下来的旅行，那笔墨源自昨天、今天和永远的失败者的记忆主脉。我们会走进咖啡馆，占一个靠窗的位子，并按照一种虽然从未被确立但却一直被严格遵守的方式来继续我们的交谈。因为医生的命令，奥斯瓦尔多在吃东西时不能喝超过一小杯的葡萄酒，所以在他点了两杯威士忌和一杯矿泉水后的某一刻，我问他我是否可以替他喝下他的那杯。

"你可真像个护士。这是你从我手里抢下的第三杯威士忌

---

① 蒙特克里斯托，古巴顶级雪茄品牌之一。

了。"索里亚诺嘟囔道。

大约凌晨四点时,我们还在一家酒吧里,在此之前两人被它悲伤的样子吸引了进去。霓虹灯、吧台,还有用金属和一种我不知道也不想知道其名的可怕材料制成的桌椅。我们占了个位子,点了矿泉水和两杯威士忌,当两人正要开始就埃里克·安布勒[1]小说中精湛的室内光线描写展开一段理论探讨时,唯一一个原先就在吧台的顾客向我们走了过来。

那是一个高大、健硕的男人,满是肌肉的臂膀上一处大锚文身透露出他做水手的过去。他已经相当醉了,但仍旧保持着平稳的步伐。他想向我们讨一支烟抽,我把帕蒂古拉[2]的盒子拉开了。他拿了一支,想马上用火柴点着它,但双手却不能好好配合着用火柴头摩擦小盒上的砂纸,于是我又帮他点着了火。

"我和那些小伙子说,这可不好,我们害死了人……"他含混不清地嘟囔着表达感谢,但没能说下去,因为一个侍者要求他不要打扰我们。

---

[1] 埃里克·安布勒(1909—1998),英国颇具影响力的间谍小说作家。
[2] 帕蒂古拉,阿根廷香烟品牌。

"他只想要根烟，没别的意思。"奥斯瓦尔多对他说。

"有时候他就是个傻子，会去吓唬女顾客。"

那个男人回到了吧台，要了口酒，他们不情愿地给了他，他突然用双手抓住了头。他用暴力的方式拽着头发，很明显想伤害自己，过了一会儿，他又一直把一只手放在眼前，仿佛在驱赶着什么只有他才能看到的东西。

"那个人要腐烂掉了。"奥斯瓦尔多说。

店主时不时不信任地看看他，而他则继续着自己的古怪行为：揪扯头发、驱赶看不清的东西，还带着恐惧的表情看着门口。某一刻，他开始在包里找东西，找不到他想要的烟后，他又回到了我们的桌子。

我向他指了指烟盒，又请他坐下来。他同意了，笨拙地坐在了椅子上，点燃了一根烟，又重新开始他的被侍者打断的冗长演说。

"我和小伙子们说这不好，但他们都不理我，他们和我说'如果你现在不退缩，你永远都不会'……"

"很强硬啊，这些小伙子。"索里亚诺说。

"生活给了他们，也给了我硬皮囊，但我们害死了人，于是我和那些小伙子说……"

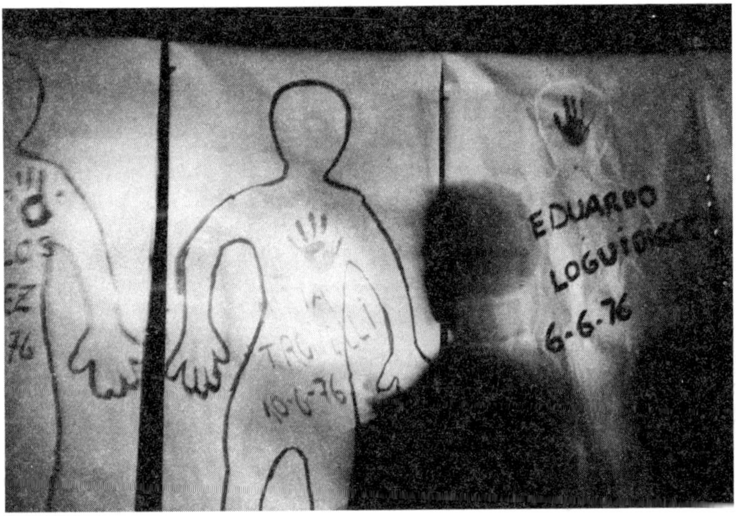
10-6-76
EDUARDO
6-6-76

不需要做埃里克·安布勒便能知道，那个人的意识已经被泥沼盖住了。他一口烟吸得很久，玻璃般的眼珠并不看着我们，所有的注意力都集中在某一个肮脏的区域中；集中在一段可怕而又令人作呕的近代历史中，集中在康拉德口中的那颗黑暗之心上。

"很漂亮的刺青。"为了让他继续讲，我和他说。

"是很漂亮。我还在海军的时候文的。我真不该离开海军，但那些小伙子叫我……"

"您在马尔维纳斯群岛服过役吗？"索里亚诺问。

"没有。我干了别的事，别的任务，就是和那时候认识的那些小伙子。我们害死了人，太多死人……"

科塔萨尔[①]说去寻找历史是荒唐的，因为它们会埋伏起来、躲藏起来，耐心地等待将要完成书写它们的任务的作家。索里亚诺和我坚信这一点，但我们从未想到一段历史选中了我们两人，从未想过它会在一家灯光晦暗的酒吧里等待我们。我们不想要那段恶心的历史、那段臭名昭著的历史，但是它

[①] 科塔萨尔（1914—1984），阿根廷作家、学者，拉丁美洲文学爆炸的代表人物之一。

就在那里，从那个废人的口中笨拙地匆匆冒出来。我于是见识了那颗黑暗之心，它邀请我们进入其中。

"所以说诸位害死了人。"为了让他说下去，奥斯瓦尔多刺激他道。

"很多死人，不止八十个……我一点儿都不反犹太人，他们没有伤害过我……"

有三个人进来了，于是这落魄的人便停了下来。那是三个四十岁上下的人，他们迈着坚定的步伐走向了我们的桌子。其中一个没有藏好他掖在皮夹克里的手枪。

"和我们走吧，卡丘，咱们去别处喝点儿什么。"一个人说道。

"他是不是疯言疯语地打扰到二位了？"另一个问道。

"他和我们借了根烟，我们让他走开，但好像这人不听。"索里亚诺回答道。

"不好意思。他是个大傻子。"一个人说道，另两人把那个人从我们桌边架走了。

"他欠钱了吗？"看上去像管事儿的人喊道。

"不欠，让他别回来就行。"店主回答道。

他们走了。在酒吧前有一辆已经发动了的小汽车。奥斯瓦尔多抿了一小口他杯子里的水，做了个鬼脸，吐出了一些蒙特克里斯托的烟丝。

"造下这孽的婊子。"索里亚诺说。

我要了账单，付了钱，我们开始静静地走。布宜诺斯艾利斯是一座不爱即恨的城市，没有中间区域。

"我想我们在想同样的事。"索里亚诺低声说。

他说得对。我们都在想阿根廷以色列互助会（AMIA）的悲剧。一九九四年七月十八日九点五十三分，一颗炸弹炸飞了布宜诺斯艾利斯的犹太人之家的房子。那场恐怖袭击造成了八十六人死亡。阿根廷人、智利人，还有玻利维亚人。梅内姆①的政府用尽办法去破坏调查，在一场警察制造目击者、伪造土耳其人和伊朗人行迹的闹剧之后，有二十人被指控，其中十五人是布宜诺斯艾利斯市的警察，他们就来自曾被这座城市的政府官员称为"世界最佳"的警察局。

也许刚才我们就和那其中的罪犯之一在一起，也许命运就是想让那具行尸走肉坐在我们的桌前嘟囔出一段阴暗历史的碎片，而那段历史的细节只能在权力的阴沟中找到。我们

---

① 卡洛斯·梅内姆（1930—　），1989年至1999年任阿根廷总统。

能做什么呢？去做我们笔下的一些主人公敢于去做的事吗？他们一定会宽慰我们，替我们、替所有仍留存着那些被打败和背叛的人的圣洁碎片的人复仇，但我们的复仇者是天真的，是纸上的，他们的血管中流淌着墨汁，正是因为如此，他们才是正派的。

我们像刚才一样走着，两个人，两个深爱生活的作家这样走着，直到圣达菲和巴拉纳街角。

"平静地告别吧，等你回来咱们再聊。"索里亚诺说。

像往常一样，我们给了对方兄弟的拥抱，好好照顾自己，你也是，一回来就打电话给我，再见，小兄弟，再见，亲爱的。

电梯把我放在了苏莱马和哈依梅公寓的厨房前。我走了进去，直奔朝向圣达菲的阳台。一种不可名状的东西，一个纯净生活送出的命令让我最后一次望着所有兄弟中最亲的那一个的身影。

奥斯瓦尔多·索里亚诺迈着缓慢的步伐朝卡亚奥的方向走着，他停下来问候了一位卖报人，往前几步又倾下身去抚摸了一只流浪的猫，随后继续远去、远去，直到他的轮廓在树下消失，直到只剩下他的不朽的、最后的、倔强的、不可燃烧的、永远都存于我记忆之心中的回忆。

塔　诺*

我们的目的地是埃尔马伊顿，因为从前"特洛奇达"号去艾斯凯尔的线路就是从那里开始的。当我们将雷萨纳湖东岸抛在身后时，天刚亮，为了保护佩德罗·希富恩特斯（朋友们都叫他佩德罗·巴塔哥尼亚）的财产，以及他树林里的仙女和小精灵，这一地区仍旧没有在地图上被标示出来。清晨寒冷而明澈，早起的鸟儿唱着歌，松鼠摆着毛茸茸的小贵族的架势四处闻闻嗅嗅，啄木鸟不停发出笃笃声，仿佛一连串问候。

巴塔哥尼亚的天空中一片云也没有。我们想慢慢地开六个小时，开到秋里拉①湖附近，在太阳最酷烈时休息几小时。这几个小时的酷烈非同寻常，因为臭氧层的空洞就在南方之

---

* 塔诺，在阿根廷及乌拉圭指意大利人，或意大利人后裔。
① 秋里拉，阿根廷楚布特省村镇。在马普切语中，秋里拉意为"美丽的山谷"。

上。我们带足了马黛茶叶、烟,还有装着热水的暖水瓶,以及佩德罗·巴塔哥尼亚的母亲送我们的一袋炸油饼。我们的旅程绚烂异常,有一辆装得满满的白色雷诺越野车——它是这个法国汽车品牌的一位特许经营商赞助的——还有好得不能再好的精神状态。

我们在一条废弃的公路上慢慢地前进着,因为正如巴塔哥尼亚人所说,欲速则不达,只有逃跑的人才着急。而且,每开一段我们都会停下来,下车,打开而后又关上那些用于把牲畜拦在铁丝网这一侧或那一侧的栅栏。打开它们很容易,但是关上它们就有些耗时了,最后你就会明白高乔人为什么发明那些奇怪的机械。在那种时候,一个人会感觉那些凤头麦鸡的呱呱叫声颇有嘲讽的味道。爱伦·坡的乌鸦重复着"永不复还",凤头麦鸡不是乌鸦,但就在我把栅栏关反了的那次,我清晰地听到了从一根树枝那儿传来的呱呱声里的"傻瓜"。

躲过了最后一道障碍后,我们开上了另一条废弃的、通向秋里拉的公路。我的伙伴在检查他的莱卡相机,虽然没有很多值得拍下的东西。我们的北面、南面和东面都是荒疏的巴塔哥尼亚草原,西部是遥远的绿色的山脉山坡。一些像乡村牧师的严肃的村里人从电讯塔的瞭望台上看着我们经过,

我的同伴还没来得及举起相机，他们就已经离开了。

巴塔哥尼亚的天空有时有云，有时没有，但总显得很低，它一直向下压迫着旅人，而不再是其他纬度地区那样的一望无际的拱形天顶。在之前的一次旅行中，在五月河骑马时，我遇见了一个往相反方向去的高乔人。其实并不能说我们遇到了对方，因为那位骑士正在睡觉，是两匹马相互遇见了，它们面对面停了下来，提醒我们人类之间碰面的习俗。这一停吓到了他，于是他睁开了眼睛。

"您好吗，哥们儿？"他问候道。

"挺好，您呢？"我回答道。

"咱们就在这儿，在天和地之间啊。"他说着，用马刺刺了一下他的马。

的确如此。在巴塔哥尼亚的草原上，人就是在天地之间。这些，再加上永远不变的平川，能让人看到不管有多远的任何事物、对象和细节，并且一切都获得了一种崭新的、非同寻常的特性。

车上有录音机，我们有一盘豪尔赫·卡福路内[①]的磁带。

[①] 豪尔赫·卡福路内（1937—1978），阿根廷民歌歌手。

伴随全力吼出的"乌拉圭不是条河,是飘过的蓝色天空"的歌声,我们开过了前三十公里,也不在乎风已经变了脾气,开始一阵阵地吹得车直晃,还在车的两侧掀起了沙土的帘幕。我们望着孤单的公路,没有遇见其他车辆、人或动物,直到看到被尘土染得模糊的天际线那里出现了什么。

那是一个走着的人,和我们方向相同。我们追上了他。他很年轻,留着黑色的长发和浮在友好微笑上的粗粗的髭须,戴着一副令眼睛免受尘土滋扰的摩托车护目镜。

我的同伴摇下玻璃窗,问候道:"上午好,朋友。"回答是笑眯眯的一句"会很好的"。

"您要去哪里,哥们儿?"

"往前走,和所有人一样。"他回答道。

"太有道理了。"我的伙伴回应,随后我们看着他向前走去。他的步伐敏捷,仿佛格外享受在风沙中的步行。他时不时把手抬到眼镜那里,摆出帽檐的形状,远眺一下地平线。我们又追上了他。

"您在找什么吗?"

他停下来,把护目镜抬起来,在回答之前好好地观察了我们一番。

"我在找一把提琴。"

当然可以是把提琴，还有比在草原之上找一把提琴更明智的事吗？如果他回答说他在找一根针，那么我们就会推断他大概是个隐士，不该去打扰，但一把提琴是关于甜蜜或悲伤的一个比喻，于是我们回答他说在近三十公里内我们一把都没看到。

"我不觉得奇怪，但我会找到它的。去找的人就能找到。"他判定了结果，于是我们把车停在路边，加入了他的找寻。

我们在残暴的沙尘中走了两公里，没人说话，大家都听着风的哨音和这个陌生人吹的拿手曲目，从希尔维奥·罗德里格斯的歌到乡村牛仔曲都有，于是我们开始确信在这种条件下找到一把提琴是极其困难的。我们看到了羊、凤头麦鸡、更多的羊，还有纠结在一起的船体缝隙填充物，但却没有看到任何与管弦乐器相似的东西。然而那伙计脸上的微笑却丝毫未变，他继续寻找的热情也分毫未减。

"那把提琴，你是什么时候弄丢的，哥们儿？"

"谁说是我丢的？还没有找到怎么能弄丢呢？"他又说出了一句绝对有理的话。

我们继续走着，为了躲避能钻入任何地方的风沙而半闭着眼睛搜寻着，而那小伙子因为戴了护目镜所以没有感到不适。

"您有名字吗？"我的同伴问。

"怎么会没有。我是个和别人一样的基督徒。当然有名字，但他们都叫我塔诺，因为我老爸是意大利人。他是卡拉布里亚人，喂，如果你们不想继续找下去了，可没人逼你们陪我啊。"

在南纬四十二度以南寻找一把提琴，去反对一个正在努力完成这样严肃的任务的人是不正当的，于是我们继续缓慢地行走。风，沙尘，更多的风。有时我和同伴看看对方，用无言的方式约定好"再走两公里我们就回车里"，但却一直走下去了，直到那家伙突然加快了步伐，令我们也先小跑了几步，随后又大步地跑起来，一直跑到草原中大堆木材垒在一起的地方。那里有围栅栏剩下的木料、干枯的树枝、一段段铁路枕木，一切仿佛都已准备好要燃起一堆巨大的篝火，从木头上的尘土来看，它们已经在那里好一阵了。

塔诺脱掉了夹克，开始把木头分成块。他拂掉了尘土，闻一闻，用指节敲一敲，再把一只耳朵贴过去，最后他分开了一段枕木，极认真地用一把银质小锤敲了敲。随后他摘掉了摩托车护目镜，用因激动而润湿了的双眼拥抱了那块木头。

"咱们找到它啦，小伙子们！我找了几个月，终于找到了！"他兴高采烈地喊叫着，并拥抱了我们，我们相互拥抱来庆祝这一发现。

那块木头大约六十公斤重，我们三个把它抬到了路上。塔诺一点都不考虑他所付出的努力，只顾不停地庆幸自己的好运气。扛着木头，他对我们说其实在这件事上没有半点儿偶然性，因为他知道为了建铁路、建那条"巴塔哥尼亚特快"线，英国人不光夷平了巴塔哥尼亚安第斯山区的大部分森林，还用了许多从印度运来的木材。精细的木材、名贵的木材，还有用于制造乐器的木材，塔诺肯定这一点。

到了大路上，我的同伴问他想怎么扛那块沉重的木头。

"总会有人、卡车、大车经过。我不急。"他一边说，一边不停地抚摸他的宝贝。

"你要是不介意的话，坐我们的车吧。"我主动说。

"太棒了，小伙子们！你们把我们带回家，我请你们吃烤羊肉、听高乔歌谣。"

我们永远都不会忘记后座上的塔诺。他温柔地望着他的木块，唱歌给它听，还为它许下了一个在长手指金发美女手

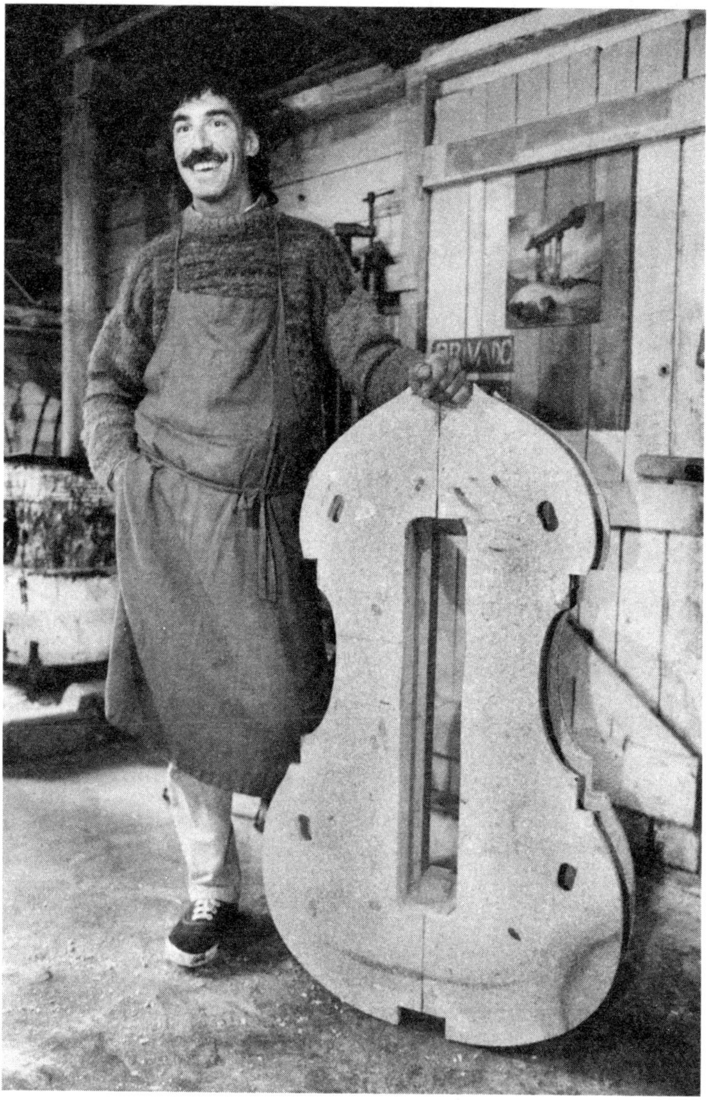

中的甜蜜未来。

在路上开了四个小时后,我们停在了一块写着"距公牛坡五公里"的牌板下。从那里生出的一条小道将我们带到了一座涂成赭红色的木屋前。

"咱们到了。欢迎你们,小伙子们。"

我们走进了一间十分整洁的家庭作坊。可以看到,在房子尽头的工作桌上有一把用固定仪和胶带固定住的低音提琴,桌子后方成列摆放着一门古老而高贵的手艺所需的容器与工具。在它们旁边,一些泥罐通过自己标签的名字,唤起了人们对炼金术或其他中世纪失传技艺的回忆:芦荟、松节油、藤黄树胶、龙血、海洋之魂。

"来点儿音乐吗,小伙子们?"塔诺问道,于是维尔瓦第的曲子便在南纬四十二度之南响了起来。

塔诺是在一九八〇年来到巴塔哥尼亚的拨弦乐器制作师,他笃信在安第斯山的丛林里能找到制作上好弦乐器所需的木材。他来的时候二十岁,逃离了独裁统治在布宜诺斯艾利斯燃起的恐怖气氛。在巴塔哥尼亚鲜活树木旁,在森林的废墟边——在只惠及极少数牧主的进步的名义下,那些森林牺牲了,而后便悄无声息地消失了——他自学成才。他知晓树干成长的每一个秘密，知晓风在干木中的作用，知晓在植物浆液脉络中所存留的最微小的声学感受的可能性，知晓能决定木材韧性的某些蘑菇所给予树木的益处，同时，他以绝对的自学方式从世界音乐史专业毕了业。

他的家庭作坊，如所有路边的那些一样，没有电，因为电力还没有通到地球村的那个角落，也没人知道电线是否会伸过来，但他并不在乎。塔诺有一双创造性的手，它们让小溪改道，建起了一个聪明的、能充分利用水能的机械装置，还带给他一座小型水电站，借齿轮和石棉带来推动他的机器，并为他的声音装置提供能量。

我们在塔诺家度过了下午和晚上。在羊肉慢慢被烤成金黄色的同时，他和我们谈起了他的住得很远的妻子和女儿，没有人会问地球村的这些居民是否拥有学校。在一壶一壶马黛茶间，我们看到他不断用铜刷在那块木头上滑擦，直到他将那一处红色的火星指给我们：一把提琴的鲜活的跳动的心。

屋外，大风嚎出了它的妒忌。屋内，塔诺向我们展示了木头的秘密，并细细讲解了对某些木条的严苛要求，这些木条可以为已经开裂的木板增加必要的韧性。那是一块雪松木，会被用来做共鸣箱，与之相连的会是乌檀木的部分，这部分

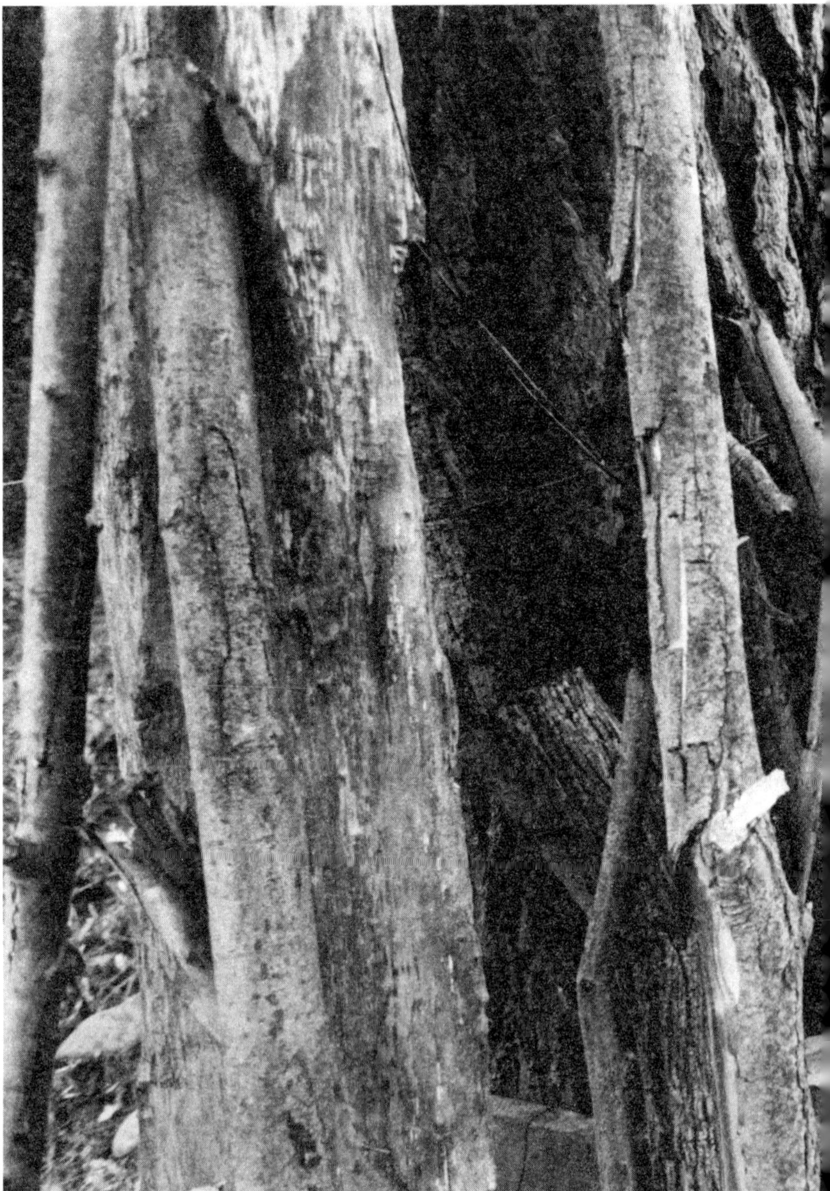

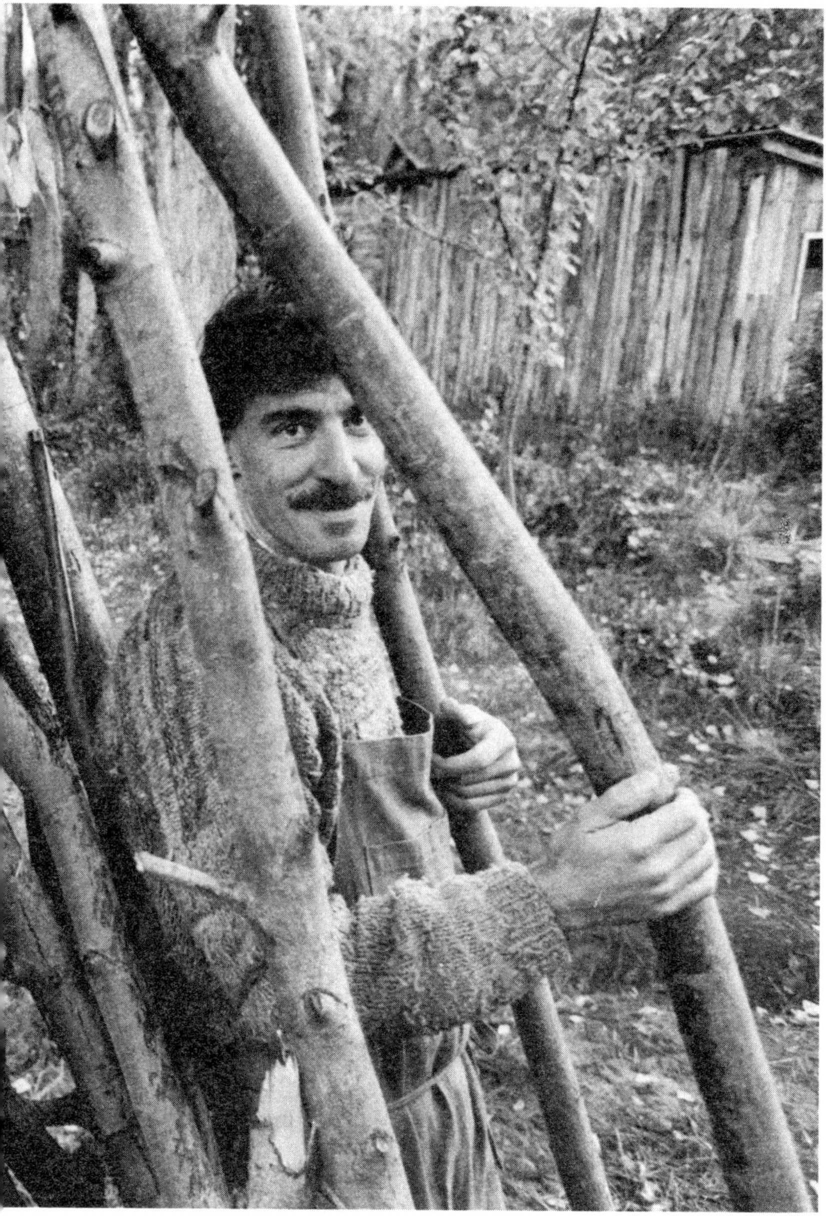

将会是琴颈。接着，塔诺继续讲着，还会弹些和声配合着做弦轴的支架。

尽管刮着风，我们还是到外面看着星星抽烟去了。塔诺向我们透露他是著名拨弦乐器制作师，但他并没把这当回事儿。他和柏林交响乐团有一份独家合同，他为他们修理和制造独一无二、不可复制的乐器，它们的第一声都是在巴塔哥尼亚的巨大孤独中发出的。

第二天我们很早就离开了。我们和塔诺喝了最后几杯马黛茶，就把他交给了他的工作、他的木头、他的提琴，它会在某一天令一个忧伤的灵魂快乐，或者背负起更多的拉丁美洲的思念，如果演奏它的乐师像贝秋一样——他是我的兄弟阿尔夫雷多·西塔罗萨所唱的米隆加[①]曲中的人物：

贝秋想要一把是人的小提琴

不会提起爱与痛的人那样的提琴……

---

① 米隆加，音乐及舞蹈术语，指南美洲（尤其是阿根廷、巴西、乌拉圭一带）的一种风格近似于探戈的流行舞曲的音乐形式。

醉鬼的故事

在广阔的纳乌埃瓦毕湖的湖岸旁，圣卡洛斯-德巴里洛切市拔地而起，不过那里还是在南纬四十二度以北。那是一座旅游城市，很美，又那么整洁，让人感觉它是被放在了错误经纬度的一个被抛弃的瑞士村庄。这里有很好的酒店，绝佳的欧洲餐厅，味道惊人的冰淇淋，以及可以与意大利的奥尔维耶托和黑森林的瓦尔茨胡特相媲美的手工巧克力工业。这些都是在明信片上显示出来的部分，圣卡洛斯-德巴里洛切事实上是一个被不停增长的贫困环绕的城市，但对于政府管理者来说，那贫困是看不见的。

人们在短暂的夏日和漫长寒冷的冬日中硬撑下来，黑人、阿根廷人、智利人、奇洛埃人和马普切人肩负着最苦的工作，他们在干活时，富人们在睡觉，金发碧眼的人们则在自我满足中安然休憩——他们知道自己会继承从旧大陆的船上运来的东西并因此可以在一个天堂般的无人居住的地方做殖民者。没有人问起为什么地名中充满了马普切古老语言中的名字。

圣卡洛斯-德巴里洛切有一道透明却沉重的墙；年老一些的人的蓝色目光撞击着那个建筑，他们基本上都拥有来自德国、瑞士、奥地利和克罗地亚的姓氏。也许他们还能看到那座被嵌到了南半球的阿尔卑斯山城市的街道和石房子，那里满是纳粹旗帜，人们正在庆祝进攻波兰和占领法国，也在祝贺高高举起佩戴着十字标的手臂的前进中的自己。

一天，我们遇到了一位请我们不要透露其姓名的摄影师。他邀请我们去了他家，在那儿，喝着马黛茶，他为我们展示了一九三八年到一九四五年的图片资料。在那些经久犹存的相片中，圣卡洛斯—德巴里洛切看起来就像一个腐恶的纳粹老巢，如果了解这座城市的起源，这些便一点儿也不奇怪了。

一九三〇年，一个名叫小阿波里纳里奥·路赛罗的绝对的蠢蛋接到了阿根廷政府委派的任务，前去完成第一次现有人口登记工作，并需要推举一个人来交出从马普切人手中抢来的土地，这场劫掠就发生在仍旧鲜活且散发着血腥味的一段过去中。在可以读到的他们的总结中，有这样一段十分显眼：

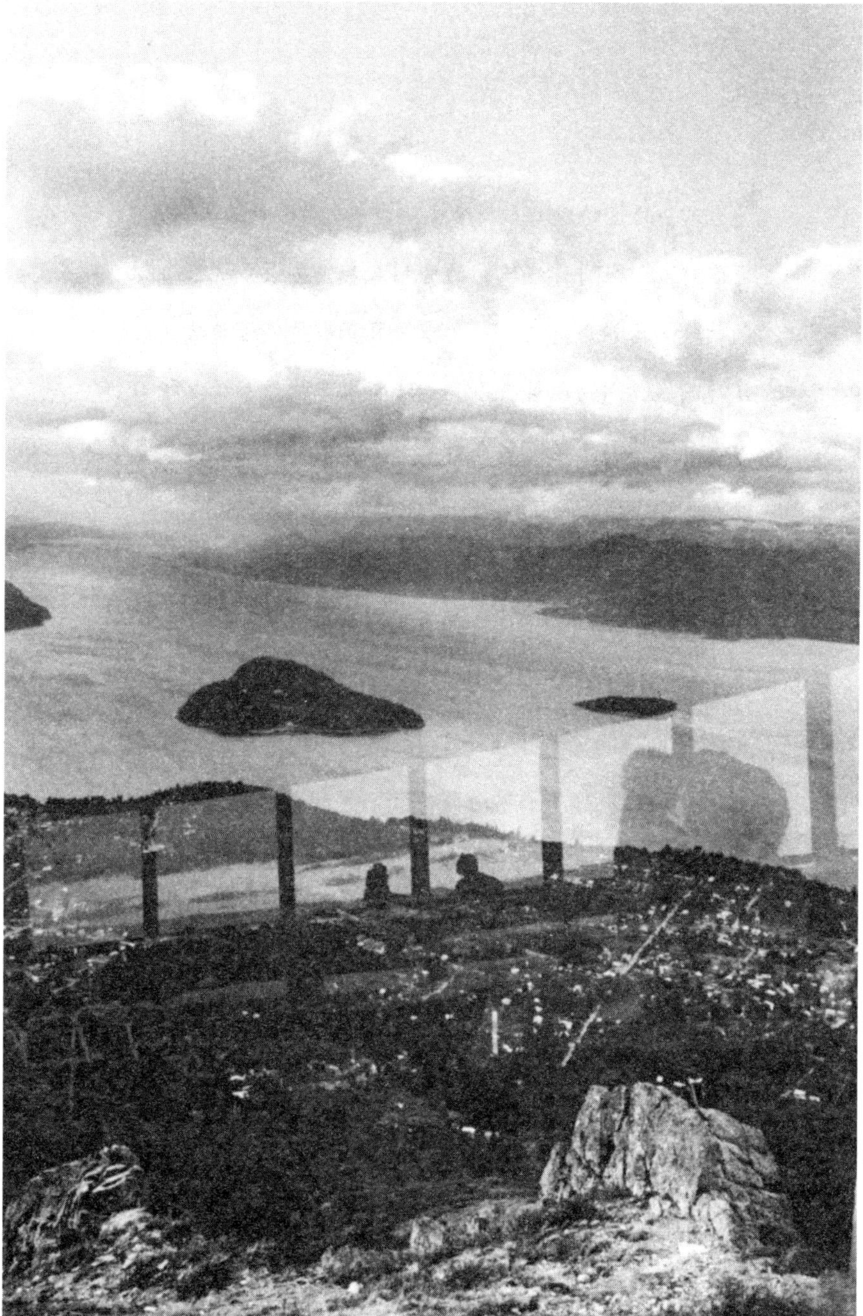

这个地区的现有人口繁多；由来自智利的土著居民、奇洛特人、来自奇洛埃岛的智利人和一些大多也来自智利的德国人组成。这些人中唯一真正有条件做殖民者的是德国人，因为印第安人和奇洛特人只能做雇工。印第安人和奇洛特人是有害人种，他们只要攒到些钱就会沉迷于各种各样的恶习和放纵的行为中。

看着基金会的这份文件，还有谁会对那十年间装扮城市的炽烈的纳粹狂热感到奇怪呢？

但是我们还是来到了圣卡洛斯-德巴里洛切，因为我的同伴和我在饮食问题上有些分歧，我们想和平地解决它；他基本上只吃甜的，冰淇淋，尤其爱吃甜点。而我恨透了这些。也许正因为如此，今天下午我把他留在了巧克力店，让他毫无顾忌地吃个痛快，而我则跑到离那儿最近的酒馆，去喝上一瓶好啤酒，再来两块夹肉三明治。

吧台那里有个男人，他的站姿格外引人注意：两腿张得很开，膝盖抵着柜台，手里紧攥着一杯红酒，仿佛那是个把手。如果他松手，它便会立即掉在地上，因为我们是店里仅有的顾客,所以他很快用他的蓝色眼睛注意到了我的出现,那双眼睛因酒精而湿润,有些迷茫,周围的皮肤被最狂烈的风沙抽打成了暗色。

我点了两份烤肉和一瓶冰奥斯特拉尔。店员走开去下单了,那男人试着把一只手从柜台上放了下来。

"啤酒是给马喝的,能让它们想尿就尿。"他用颤抖的手指指着我说。

从所有的答案中,我尽力嘶鸣出了最好的那个,那男人把这当成了友好的信号,于是挪动身体,离开了柜台几厘米,横着向前移了几步,在说话之前,又抿了口红酒。

"我高祖父是大卫·克拉克[①],在埃尔阿拉莫死的那个。"他说话时总是靠他颤抖的食指来强调他的语句。

"很抱歉。他一定是位伟大的人。"在还没碰啤酒那清爽的泡沫前我回答道。酒馆老板低声说了句"您得耐心点儿",但这并没有让大卫·克拉克的那位亲人感到不悦。

我开始数算需要几代人才能成为某人的玄孙。那人继续

[①] 大卫·克拉克(1786—1836),美国政治家,曾当选众议员,在德克萨斯独立运动的埃尔阿拉莫战役中战死。

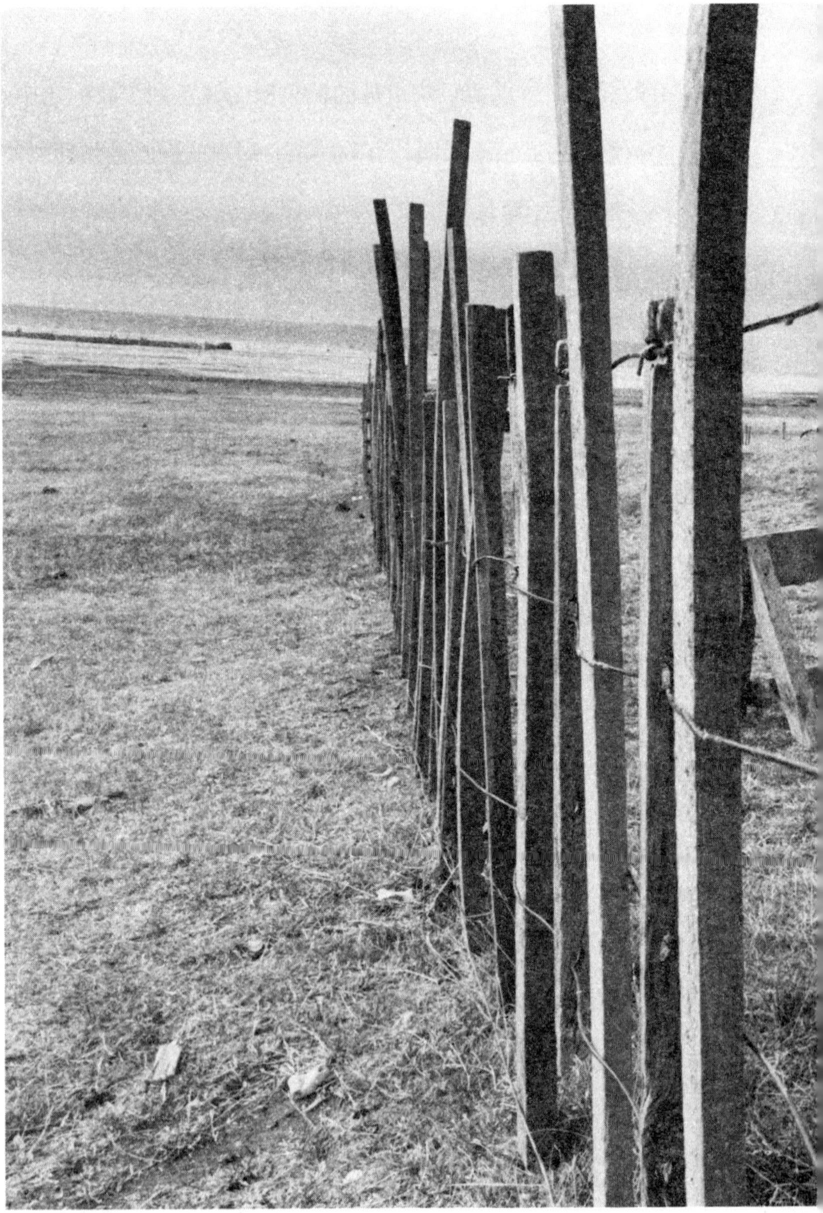

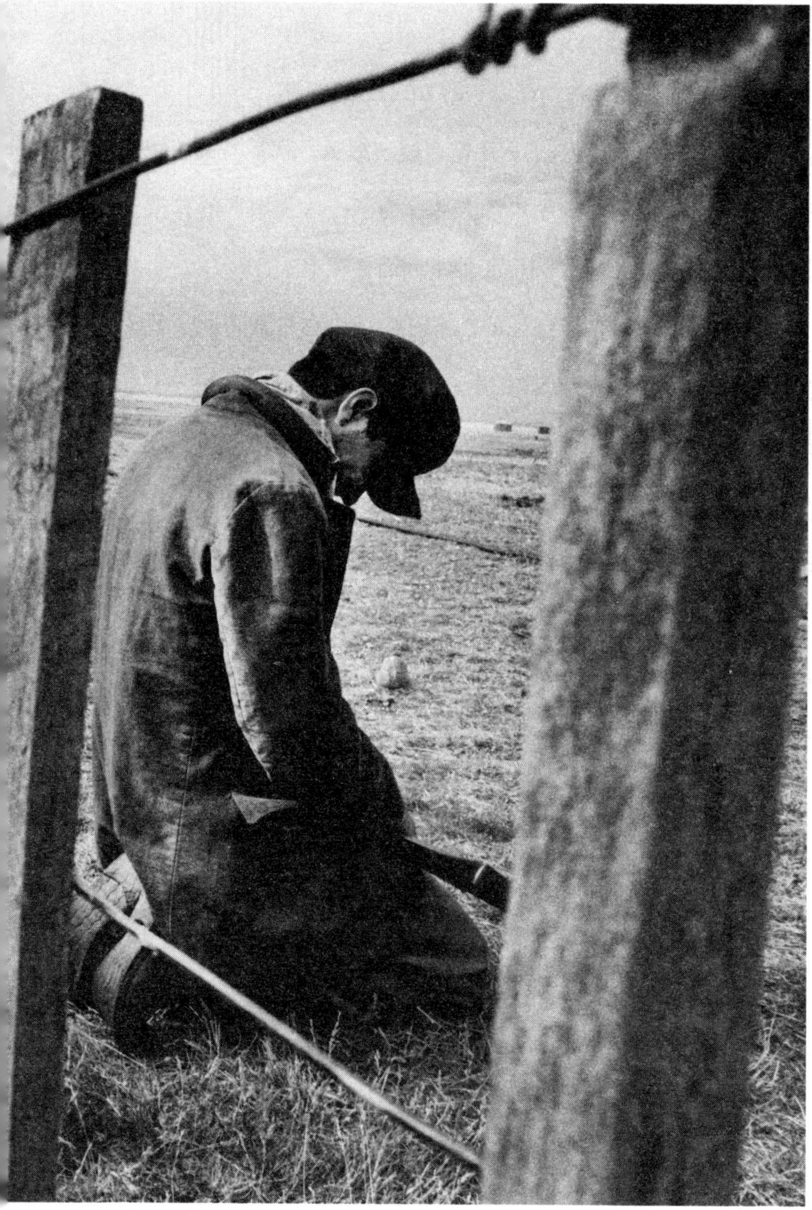

晃动着手指,那是一种整理语句的方式。

"墨西哥人把他们杀了。还把吉姆·鲍威,就是'尖刀鲍威'也杀了。他们是两个可怜人儿,为了一些狗娘养的打架打死了。为了墨西哥人干杯。"他举起酒杯喊道。

我在回敬他时,神经元的档案开启了,它将我带回了我童年街区中的卡比托尔电影院里。《埃尔阿拉莫》①。约翰·韦恩扮演大卫·克拉克,理查德·维德马克演吉姆·鲍威。我想用口哨吹出那电影的音乐,那曲迪米特里·迪奥姆金所作的悲伤歌谣,它被用作教堂废墟中那些死者的裹尸布,在智利的卡比托尔老电影院,我们会大喊"墨西哥万岁!",还会庆祝桑塔安娜将军②的胜利。真可怕,有时剧本是会被公众误解的。

"再给那老兄上杯红酒吧。"我对酒馆老板说,随后便邀请那人在一张桌子前坐下。大卫·克拉克的玄孙很想说说话,听有那样的祖辈的人讲故事,只有傻瓜才会错过机会。

在小口小口的红酒间隙,他为我讲述了约翰·克拉克、嘉

---

① 《埃尔阿拉莫》,又译《边城英烈传》,1960年上映的美国电影。
② 圣塔安娜将军,即安东尼奥·洛佩兹·德圣塔安娜(1794—1876),墨西哥将军、独裁者。

瑞德·琼斯和乔治·纽百瑞的故事，前两个是失业的德州人，第三个是英国牙医。三人在一八八〇年年末相识。就像其他众多冒险者一样，他们是为了发财而来到阿根廷的，并下定决心要不惜一切手段得到财富。这几个人在道德上从不心慈手软。最开始，他们在阿根廷东北部的恰科猎捕印第安人，但很快就因为报酬少而不干了，而且都瓦印第安人任人宰杀的样子并不能让他们兴奋。都瓦人的忘恩负义（他们不愿成为进步的代价）惹恼了他们，于是他们决定换一个更合适的行当。约翰·克拉克讲了他所知道的关于巴西的一切，讲了咖啡生意的可能性和牧场庄园的情况，但嘉瑞德·琼斯，这伙人里最年轻的那个，用一个奇怪的词说服了大家：巴塔哥尼亚。于是他们走上了南方之路，去往一个上帝从未踏足的地方，在那里，法律只不过是公务员的一项发明，只用来为灭绝印第安人的罪行进行开脱。

在广漠的南方土地上，三个外国佬那一年的大多数时间都在继续猎捕印第安人，春天，他们会猎杀楚兰哥驼，那是一种白色原驼，它们的皮很受欧洲皮革生意的青睐。为了让某个富婆用巴塔哥尼亚精制皮披肩遮住她的皮肤，大约需要杀掉上百只楚兰哥驼。几个人在从前印第安人的森林中打猎、

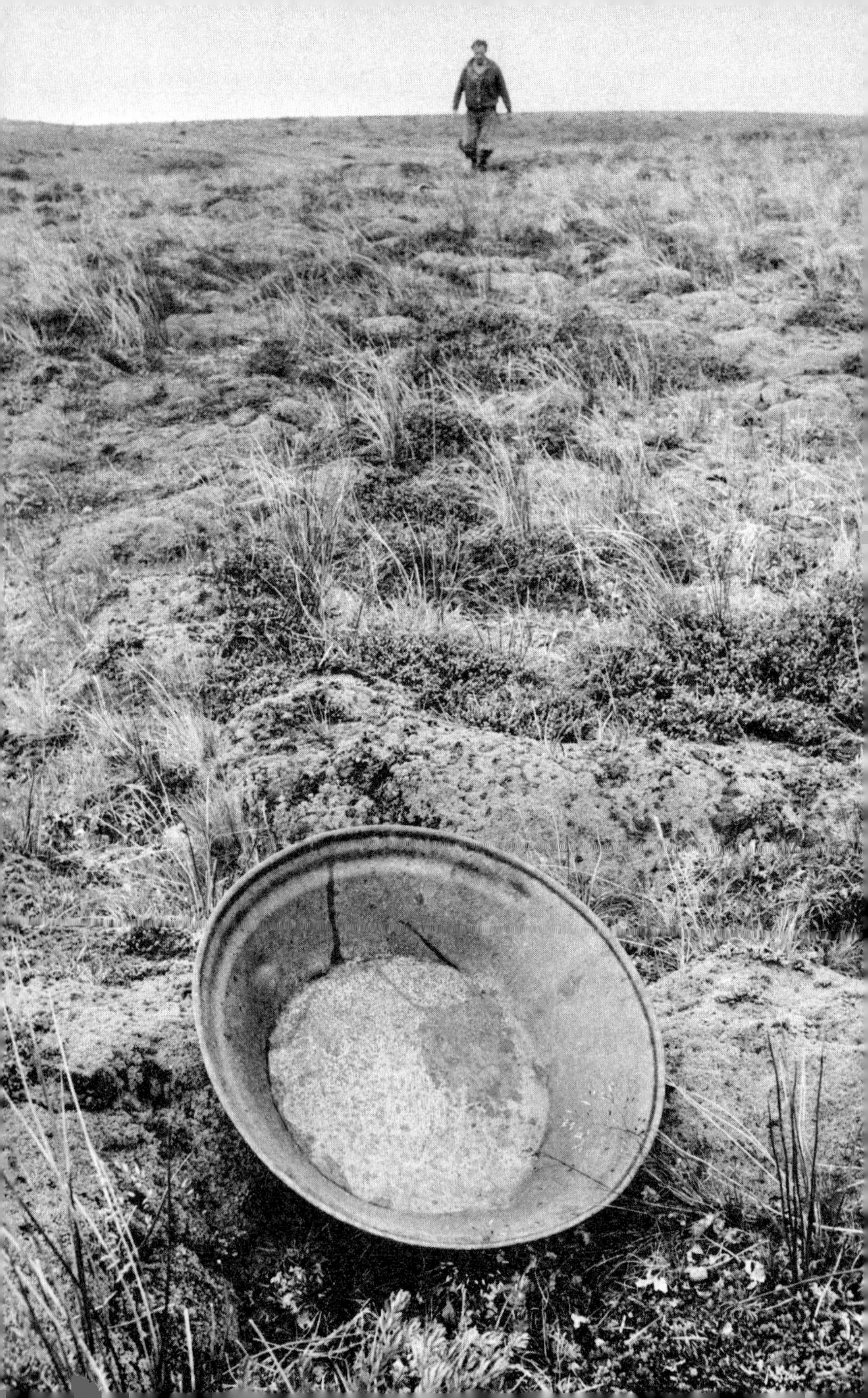

生活。他们会吃布度埃鹿肉，那是一种肉质鲜美的小鹿，还会吃乌埃木鹿，那是另一种安第斯鹿。他们打猎，可是财富却一直躲着他们，于是几人决定分开，在别的行当试试运气。

约翰·克拉克去了布宜诺斯艾利斯。在那里，他认识了一个叫伊丽莎白·沃特斯的英国美人儿。她以曼妙的身材、无边的野心和使用点三二口径温彻斯特枪的枪法而闻名。她向他求了婚，但同时警告他说"温馨的家庭"可不是她优先考虑的事，选择他是因为她需要一个强硬、坚决的男人，并且只有当他们的双人床垫中塞满了财富时，她才会和他上床。他们结了婚，两个月后，伊丽莎白·沃特斯和约翰·克拉克指挥着一支三十人的队伍穿越了安第斯山脉，他们中的大多数都是在布宜诺斯艾利斯的监狱中服刑的克罗地亚人，是这对幸福的夫妻花钱买下了他们的自由。就这样，三十二个骑士和五十只骡子在智利境内的巴塔哥尼亚的繁密树林中向前行去。

半年后，他们发现了"上帝之母"金矿，在贝纳斯海湾贝克河的入海口附近。贝克河从山脉深处拖来了金子，大量的金子，然而却只有很少人敢闯入那片边境地区。因为不可能有稳定的供给，贪婪的人也望而却步，况且贝克是智利流量最大的河，如果必须描述它的水流，用一个词就足够了：可怕。

在南半球的那一片被遗忘的地区，有闭塞的雨林，永不停歇的雨和突如其来的、会埋葬在建工程的雪，有兰加毛榉、郭圭毛榉、桂皮树林，和令人敬畏的超过五十米的南美杉树林，伊丽莎白·沃特斯用她的来复枪来喂饱矿工，同时也会毫不留情地干掉所有试图从他们的财富中偷走哪怕一克的人。

一百年后，在贝克河畔建立的卡莱达托特尔村（一个有木栈道和木屋的美丽村落，也是唯一一个贝纳斯海湾附近的人类居住区）的居民在去拾木柴、松子或鲜美的南美杉果实时，总能找到残余的尸骨，而在白骨间，总会有点三二口径的子弹。

一个克依海克的收藏家在他收藏的几件前卫藏品中，向我展示了伊丽莎白·沃特斯的温彻斯特。枪托上刻着"愿土怜惜你的灵魂"，那是一句令人舒服的祷文，它一定会宽慰她在她那张极其坚硬的床上做的梦——那个英国女人睡在了一个被贝克河中的所有金子填满的床垫上。

"我的曾祖父在一张金床上做爱。就这样，我的祖父大卫·约翰·卡拉克出生了。"埃尔阿拉莫英雄的玄孙一边说，一边示意酒馆老板再为他填满酒杯。

嘉瑞德·琼斯和乔治·纽百瑞没有离开阿根廷巴塔哥尼亚。前者败给了那个无边环境的魔力，过上了游牧人的生活。他靠自己打来的猎物生存，学会了用投石索来完成捕猎，他是第一个走到了甚至连特维尔切人都没有踏足过的地方的探索者，尽管他自己并未计划这样做。草原上的风让他经常处于嗜睡的状态，他很少下马，睡觉也在上面，多年过去，他逐渐丢失了说话的习惯。

而纽百瑞则在大多是英国人管理的牧场和羊毛工厂间奔波，拔牙、补牙或是镶金牙，后来土地分割的消息传到了他的耳边，于是他决定安顿下来做个牧场主。

南方的广袤土地按两种方式划分：援引家园法，相当于宣称"我在这里生活，我是外国人，我想要土地"，这样就可以得到一万公顷的地，但有唯一一点弊端，那便是要花钱买弹药去消灭在那土地上居住的印第安人，或者购买债券去资助荒漠中的那场战役，那个美洲大陆史上最大规模的种族灭绝行动之一。

债券的钱用来支付乱无军纪的士兵和灭绝者雇佣兵。那肮脏的工作一结束，便可以兑换了。有那么多债券、那么多

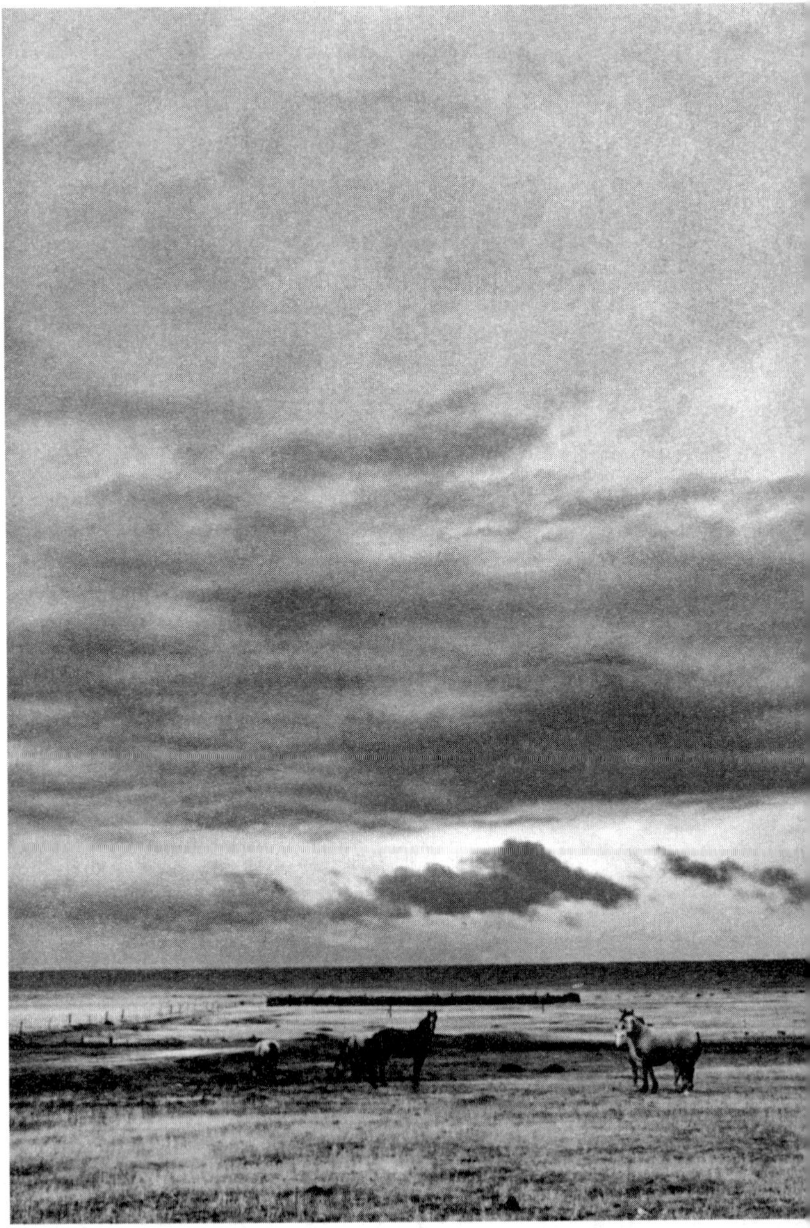

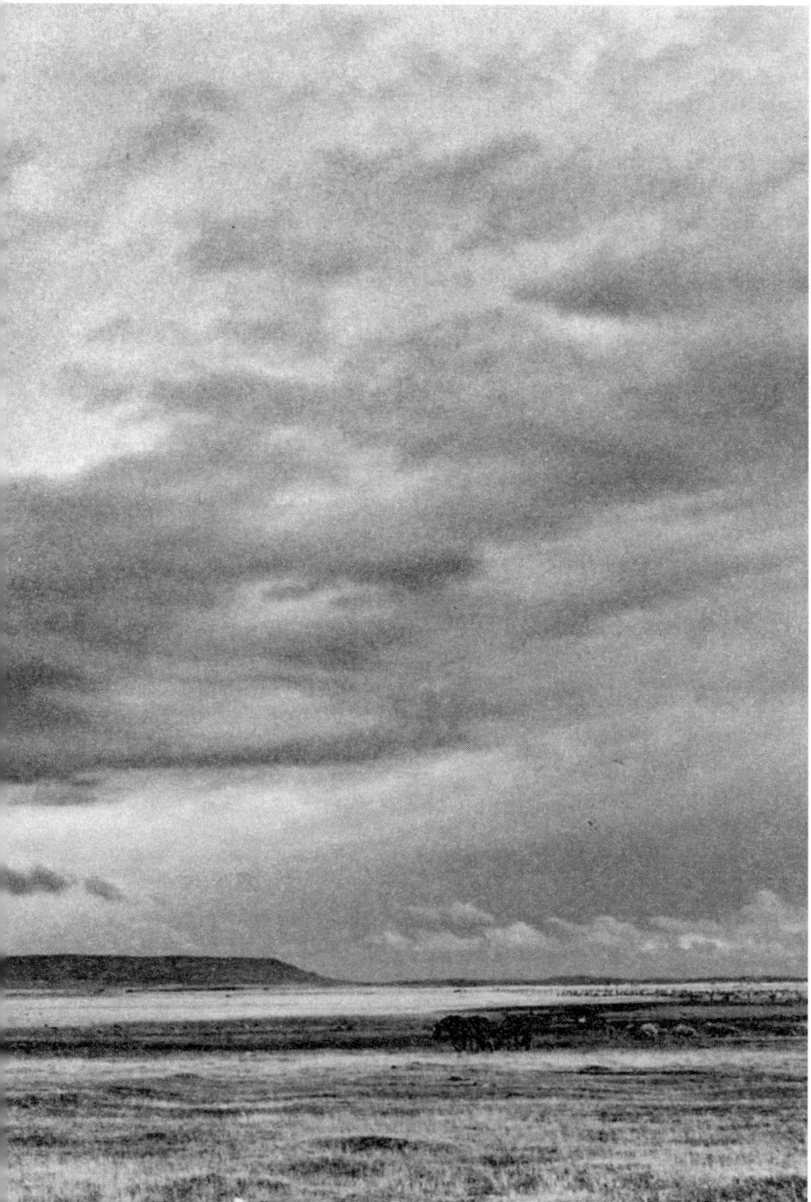

公顷土地，但是很多买家都把钱丢在了高利贷贩子、专业赌徒手里，或是把钱扔进了在世界之南巡游的移动妓院中。那些"平板车"，那些巨大的、由十几头阉牛拉着的木轮车是漂泊的酒店，在这之中接客的妓女都拥有严苛的习惯和谦和有礼的欧洲风度。很多财富都来自这些女人艰辛的工作，而财富的所有者拥有精致的宫殿，比如莎拉·布劳恩在蓬塔阿雷纳斯的那一座。有几首仍旧能在小酒馆中听到的广为传唱的歌曲和传奇歌谣讲述了一个来自斯图加特、名叫贝尔塔·克莱恩的德国女人的故事：她刚到时，签约做了一个英国家庭的家庭教师，几个月后她明白了在她两腿之间有一个比一切金子、一切土地、一切羊群都更令人觊觎的宝贝。她没有多加考虑便脱掉了女管家的灰衣裳，换上了领口富绰的连衣裙，于是在做了十五年坚苦卓绝的色情工作之后，她最终成了横跨山脉两侧三十万公顷的土地的主人。

如巴塔哥尼亚的其他事物一样，年月过得很慢，嘉瑞德·琼斯觉得漫长的冬天已经在他的骨头里住下了。到了下马、在某处生根的时候了，但却找不到任何地方。纳韦尔瓦皮湖旁的一片美丽的土地刻在了他的视网膜上，于是他找到当局政府，援引出两个论据要求获得这片土地：家园法案，以及自一八八四年这个地区的合法拥有者,即伊纳卡亚酋长统领的所有马普切人被驱逐(其中很多人被致力于在此地区清理印第安人的种族灭绝者队伍杀害)之后,这里一直无人居住。然而他的朋友乔治·纽百瑞抢先一步,锁定了第一土地所有权,令自己成为那个天堂的主人。

于是一段延绵数十年,并且被子孙继承的仇恨诞生了。

"五十年代时,嘉瑞德的一个曾孙女倒霉地爱上了乔治·纽百瑞的一个曾孙。双方家庭拒绝考虑两人的事情,于是两个可怜的孩子自杀了。罗密欧与朱丽叶。"大卫·克拉克的亲属看着杯底说道。

嘉瑞德·琼斯并不甘心于失去一块美丽的土地,他凭借自己探险者的经历,变成了为阿根廷政府以及渴求更多土地的畜牧公司服务的开拓者。他甚至带领著名专家弗朗西斯科·P.莫雷诺在远足中一直走到了内格罗河的源头,于是在一九〇〇年八月,作为他服务工作的奖励,他获得了罗加总统判给他的、在他热爱的纳韦尔瓦皮湖畔的一万公顷土地,恰恰挨着他"老"朋友的地产。

他在那里建立了太格马拉尔庄园,养了些绵羊、母牛,还有马。一九三八年的一天,他和他的朋友约翰·克拉克重聚在了一起。后者被伊丽莎白·沃特斯抛弃了——那英国美人儿被一个拉布拉塔河畔赌场里的可怕的智利职业赌徒迷住了。大卫·克拉克的儿子抱怨他的不幸，也就是他独生子的忘恩负义，后来他在差几天就满九十九岁时去世了，走时还一直在向话说得越来越少的嘉瑞德·琼斯反复唠叨淘金的厄运。

嘉瑞德·琼斯和乔治·纽百瑞有四十年时间彼此没说过一句话，后来，在一个冬夜，德克萨斯人的白齿严重感染了，就快把他逼疯了。他想起唯一的牙医就是自己痛恨的那个英国人，于是便派了个雇工去询问他是否可以帮自己治治。

一个小时后，雇工飞奔回来。

"他说可以，但是要您过去。"

嘉瑞德·琼斯裹着嘴上了马，冒着大雪来到了牙医的庄园。

他到了，走进去，坐上了牙科治疗椅，而后把左轮手枪放到了工具桌上。纽百瑞也放了一把。

"张开嘴。"英国人命令道，德州人闭着眼睛照做了。

乔治·纽百瑞拿起了一个镊子，他看都没看乙醚麻醉剂的小瓶就拔下了一颗白齿。嘉瑞德·琼斯冒着汗，双手紧攥治疗椅。

"疼吗?"英国人问。

"我不是来说话的。"德州人回答后,再也没有说过话。

嘉瑞德·琼斯死于一九五七年,享年九十三岁。

关于乔治·纽百瑞,大卫·克拉克的玄孙没有给我任何信息。

奇迹女士

云低得可以摸到。从一座小山上下来时，我们钻入了它，汽车被一层厚重的纱幔围绕，我们迷失了方向，因而偶然地进入了一条小径，就在连接埃尔博尔松和埃尔马伊顿的公路旁。

在巴塔哥尼亚，人们确信掉头或后退会招致厄运，为了忠于本地人的习俗，我们继续向前开着，因为目的地永远在前方，而在身后，我们只该背起吉他和回忆。

轮胎转动，我们向前大约开了二公里，两人都深信那条路将会是无法改变的孤独，直到云轻轻地飘到了汽车上方，直到那被湿气的细箩筐滤过的阳光为事物罩上了一层令人不安的灰绿色调。

很奇怪地，无处不在的风轻轻地吹着，我们嗅到了草叶和野花的芳香，而且它们一定就生长在我们的附近。绕过小径的几道弯，那香气更浓了些，化作了沁香空气的芬芳，那是一份令我们停下脚步的邀请。

离小路百米左右的地方，有一座小房子，它异于寻常的小：为了适应艰苦生活的要求，巴塔哥尼亚的建筑都很实用，它们可以用作住宅、地下工具储藏室，甚至可以用来养那些因为身体孱弱而被羊群间的闷热拒绝、驱逐的绵羊。我们走过去，惊奇地看到它的周围环绕着玫瑰、康乃馨、天竺葵，还有几株硕大的、播散它多彩而芳香的言语的绣球花。在巴塔哥尼亚看到花园绝不是平常事。当风从南方吹来时，它凶残的手会将嫩芽和花瓣拔除，或用冰冷的镰刀将梗茎砍断。在寻找大门时，我们看到了蔬果园，两人被其中作物的种类规模惊呆了。有看上去重好几公斤的南瓜，还有巨大的黑子南瓜，满载诱人果实的两棵苹果树和一棵梨树将菜田和地上正开花的草莓圃分隔开来。那是一个丰饶的园子，一首颂赞慷慨大地的诗。

埃尔博尔松位于这里以北几百公里的一个受山脉护佑的谷地中，在那里，菜园和果树的出现是稀松平常的事，它的居民就靠此生活；但在草原中间，忍受着风和所有的酷烈条件，那个绿洲是不真实的。

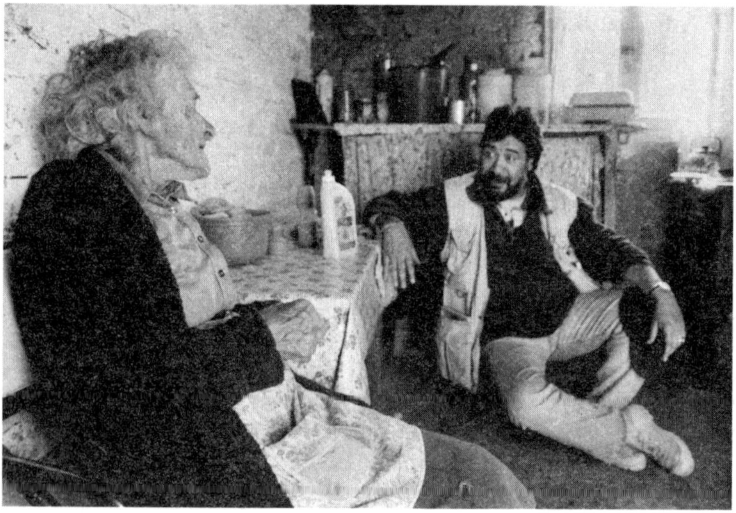

被狗叫声提醒，一位老人从家门探出头来。她很瘦小，是年岁渐渐缩减了她的身材。她怀着无法克制的慈爱向我们张开了绝对属于土地的双臂，并做了个手势邀请我们过去，于是我们便照做了。

家里有种只有独居生活才能赋予的简洁。燃烧着的好客炉火，颜色渐深的水煮火鸡被摆在柴火旁，这样既可保持温度，又不会让水沸腾；一根手工捻线锤、一个收放已经拣选完毕的羊毛的篮子，以及木板下的三层小抽屉。墙上挂着一本小年历，一张卢汉圣母①的图片以及一张相片，从上面能看到年轻的她正站在一个严肃且衣着讲究的男士边上。

她给我们准备了座位，扔了几根干木柴旺了旺火，接下来又为我们上了马黛茶和炸油饼。那位老人的面容被犁出了千道皱纹，她的眼睛看东西很专注，她的所有表情都系着甘甜的微笑，令她干涸的嘴唇变得美丽。她问我们是否喜欢炸油饼，我们回答说喜欢，因为事实上它们真的棒极了，而后

---

① 卢汉圣母，天主教崇拜的圣母形象之一，被奉为阿根廷、巴拉圭及乌拉圭的守护者。

我斗胆问她是否是独居。

"独居？不是。我和小狗、小羊、花草树木一起住。"她用平静的声音、拖长的语调，带着南方人的慵懒说道，那种说话方式是我所热爱的、在世界其他地方都没有再遇过的、令我们的语言更宏伟的方式，因为南方人在抑扬顿挫地发音时，感受得到语词的基本性格。他们就是这样给他们命名的事物以生命的，就是这样在草原的艰苦中安顿下来的。

炉火的火焰和干柴的劈啪声邀人安静下来。火有另一种方式来讲述相同的故事。老人把捻线锤在腿间放好，开始纺线。上个春天从绵羊身上剪下的灰色云团变成了纤细的白线。我的同伴和我都不是那种会寻找阳光和内心平静的人。作为对健康有益的不可知论者，我们知道，在合适的时间做应该做的事会带来内心的平静，如果想得到阳光，就需要睁大双眼。不过我们觉得在那里很好，在老人身边，喝着马黛茶，被火舌渐渐地催眠。

我的同伴打破了平静，问她有多大年纪了。

"刚刚过了九十五。"她说着，做了个噘嘴的俏皮表情。

"什么时候过的？"

"现在。今天是我生日。"

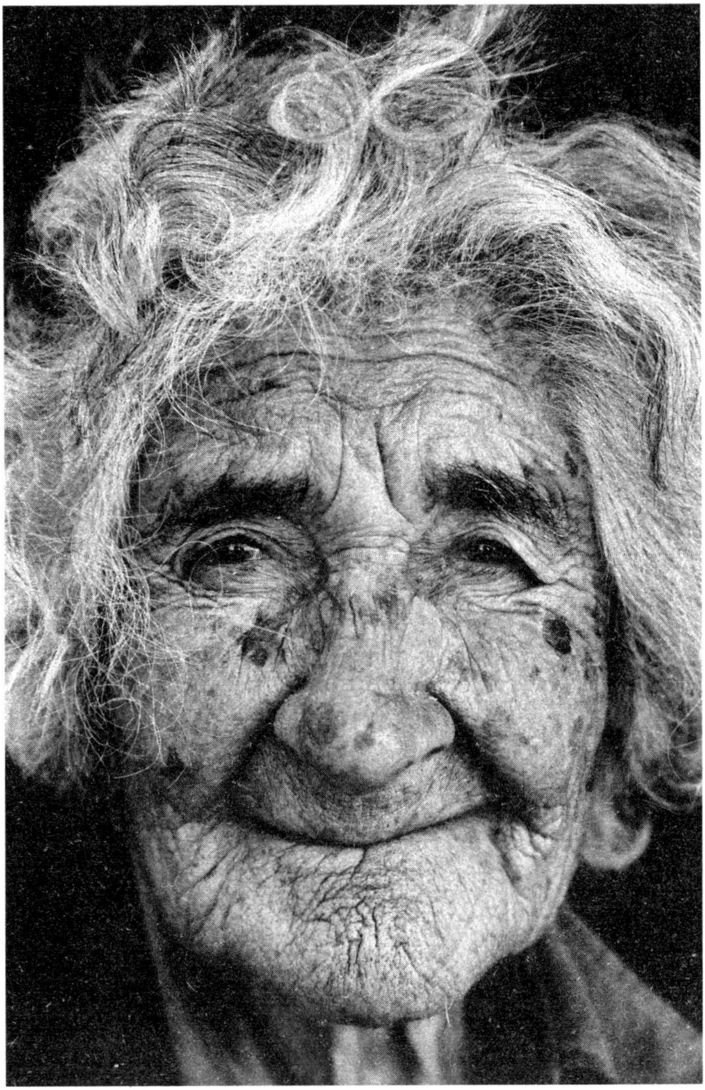

堂娜德丽亚·里维拉·德克西奥一九〇一年出生于圣卡洛斯-德巴里洛切，那座现今富有的旅游城市当时不过是一个开拓者在继续南下、去往南方深处寻找土地前补充供给的飞地。

她在十八岁时认识了加科莫·克西奥，一个从撒丁岛来的移民，他像其他意大利人一样，来巴塔哥尼亚寻找欧洲的贫困拒绝给予他们的面包与红酒。两个人建立起了这个家，有了孩子，后来他们长大，并在某天离开，走得很远，不再有风和孤寂。加科莫·克西奥在铺设"巴塔哥尼亚特快"线轨道的建筑队工作，在一次事故中失去了生命，他的尸骨安息在园中某一侧的尽头，就在一棵苹果树旁，远离撒丁岛，并在一片云朵伸手可触的天空下。孩子们从没有回来过，于是堂娜德丽亚落得孤身一人，孤身一人？不，和小狗、小羊、花草树木、安静，还有那位正从相片中看着我们的、衣着讲究的严肃男士一起生活，那相片曾是黑白的，但那天已泛着岁月的棕锈色的光了。

我们拥抱了她，祝福并亲吻了她，我的同伴询问是否可以为她拍几张照片，堂娜德丽亚回答说很愿意，但她要先打扮一下。

她很快就回来了。那打扮不过是把围裙摘掉,再如她所说的"细心梳理"一下白发。按照"以示尊敬"的习惯,我的同伴先拍了一张宝丽莱。咔嚓,一阵嗡嗡响,印纸像一根白色舌头一样探出来,一些最初的混乱的影迹和光点正在规整出一个方形的现实。

"那个是我?"她边看边问。

堂娜德丽亚,在十八岁结婚时离开了圣卡洛斯-德巴里洛切,再也没有回去过。她几乎在草原上的那个地方度过了她的一生,在我们问她想不想回去再看一眼自己出生的城市时,她回答说想,但她害怕,因为人们和她说巴里洛切是个巨大的城市,有很多汽车和没有时间喝马黛茶的人。

"我就是这样的?"她端详着手里的宝丽莱。

"您本人要美得多,漂亮得多。"我的同伴说完,请她拿好了捻线锤,坐在炉火边那张泛棕锈色的人像旁。我出去了,去看园子。我数出了二十多种不同的蔬菜,吃了几颗硕大的草莓,看见了几只朝狗跳过去的兔子,而狗完全无视它们的到来。我的农艺、园艺学知识很有限,但仍旧很惊讶于在那个园子中野花、野草并没有阻碍蔬果的生长。我向花圃走去,格外近地看了看花瓣鲜红坚挺、馨香浓郁的玫瑰,发觉它们粗壮的茎上有着与那位老人面庞上相似的皱纹。那些玫瑰讲述着它们所忍受的漫长而酷烈的冬天,但在它们盛开的花朵上,没有一丝怨恨。

我的同伴拍完了照片,我们回到了安静中。堂娜德丽亚正在捻线锤上忙碌的双手诉说着千百个故事。几乎一个世纪的生命用在了简单而必要的为身体裹上暖衣的劳作上。人类最坏的一个世纪没有碰到那双手,也没有触到那健康的习惯:在不自知的情况下做着一个有用的人。

"这里的冬天很艰苦吗?"我问。

于是,老人放下捻线锤,从地上捡起一把干枝,并开始用手指抚摩它们,仿佛正在木头的脆弱之处寻找词句。

"有些时候很艰苦,有些时候更艰苦。可怕的不是冷,不是风,也不是雪。雪轻轻地来,然后就积下了。可怕的是结冰,因为它们是叛徒。"她说着,手指继续抚摩着那把木柴。

我看了看我的同伴。他与我看到了相同的东西:一位老妇人的手抚摸着树枝上一个干瘪的花蕾,与此同时,她为我们详细描述着绵羊因乳房被冰所伤而挨受的疼痛,直到,慢慢地,它开了,仿佛一场魔术表演,它开出了苹果花的白色花瓣。

"您是怎么做到的？"我的同伴问道。

"什么？"老人吓了一跳。

"那朵花儿。"我补充的时候用手指着她手中那开了花的树枝。

"我不知道。他们说这是种天赋。我碰到的东西就能活。"她羞涩地答道。

完全自然而然地，堂娜德丽亚重复着那捡起一支枯枝、抚摸一朵花蕾，然后用滋养力叫醒那睡着的花儿的奇迹。她用平和从容的声音向我们细细讲述当绵羊或母牛不能生育时人们前来寻她的事。她只需要碰碰它们，它们的肚子便会变得多育。同样的事也发生在被风折磨的树木、草木，和其他所有注定要成长并结果的事物上。还会有尴尬的男士或悲伤的女士前来拜访，九个月后，他们便会在洗礼仪式上问候她了。

堂娜德丽亚不是素食主义者，也没有按照长寿饮食法来进食。她不理会那上千条食物能量理论，也不觉得自己是个特别的人。当问起她是否知道自己这令事物丰沃的天赋从何而来时，她先向火里扔了几根柴火，然后回答道：

"从我对这土地的爱。每次看着那荒芜的草原，我都觉得

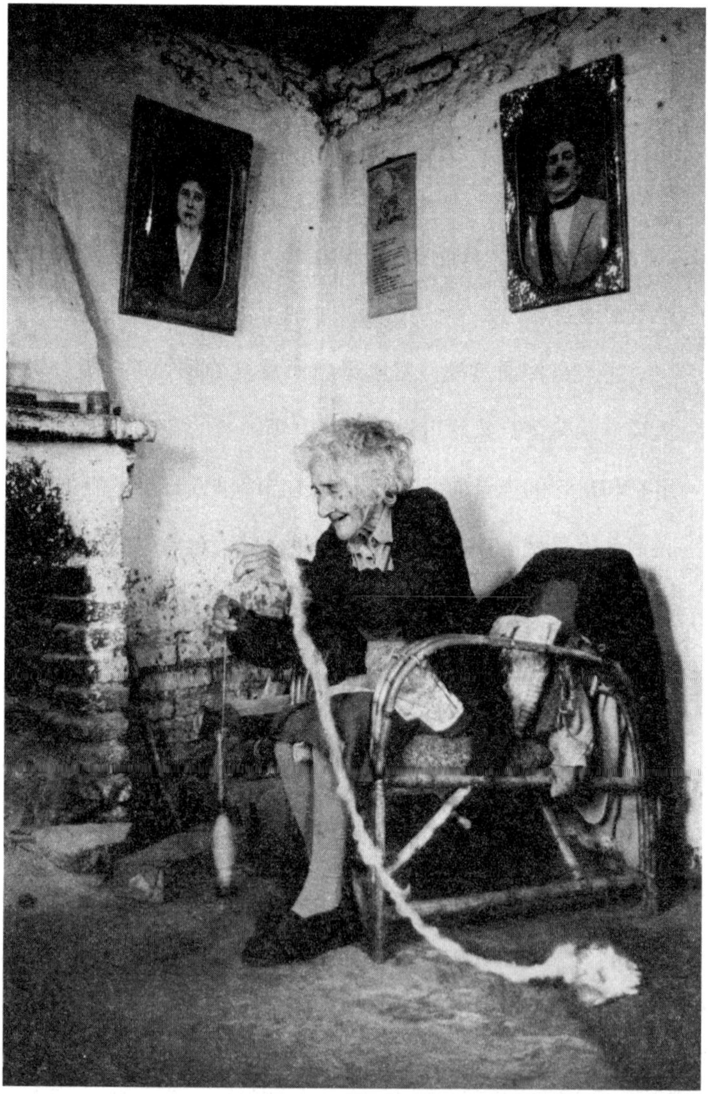

上帝犯了个错。"

在将近黄昏时,我们离开了堂娜德丽亚。我们看见她往鸡群里扔了些玉米粒,摸了摸那只狗,弯腰扶正了弯曲的茎干,进了屋,关上门,点了根蜡烛,将那唯一的一扇窗染成了金色。

太阳落到安第斯山的那一边去了,蟋蟀管弦乐团调试好了它们的乐器。巴塔哥尼亚的一天死去了,但是,在黎明时,那位刚刚与两个路过的男人一起度过九十五岁生日的老妇人会继续她美妙至极的生活习惯。

那是一个结尾相对幸福的故事,因为就在我们庆祝堂娜德丽亚的生日时,卡洛和卢西亚诺·贝内通的故事的阴影正在向老妇人谦卑微小的天堂逼近。

巴塔哥尼亚注定是这星球上最纯净的空间之一。当原始的空气在世界其他地方已经不再被记起时,在巴塔哥尼亚,它却仍然是每一天的现实,这赋予了它一种可以被计算的价值,因为钱并不愚钝,但却十分懦弱。

《福布斯》榜单是能指出地球上拥有最多资产者的幸运的色情出版物,在那一大把将全人类财富都据为己有的亿万富豪间,拥有几千公顷巴塔哥尼亚的土地几乎已经变成了一种在灵魂屁股上的身份标志或名誉标牌。他们分不清智利从哪儿开始，阿根廷到哪儿结束，两国的问题和美好于他们都是无关己身的；唯一重要的是展示巴塔哥尼亚土地所有权的名号。

十五年前，卡洛和卢西亚诺·贝内通买下了九万公顷的巴塔哥尼亚土地。为了说清那有多大，我们应该想想一百万个足球场的面积——如果能想到的话。按照贝内通家族所说，他们会把进步带给巴塔哥尼亚。他们带来了带刺铁丝网，截断了高乔人的游牧和为数不多的幸存下来的野生动物的迁徙，在一片本来仅可以以天地为界的地区设置了荒唐的界线。像贝内通家族这样做的，还有CNN[①]的富豪创始人、AOL[②]时代华纳多媒体集团总裁泰德·特纳，在特纳之后，还有个矮个子也加入了，他的肌肉因类固醇而发达，他的聪明才智曾给一位脑力劳动者——罗纳德·里根[③]——留下了深刻印象：他就是西尔维斯特·史泰龙[④]。

---

① 美国有线电视新闻网的英文缩写。
② 美国在线的英文缩写。美国在线是美国时代华纳的子公司，著名的因特网服务供应商。
③ 美国第四十任总统。
④ 美国演员、导演及制作人，以《洛奇》系列电影闻名于世。

为了定义武器的能力，人们会说起毁灭的威力。为了定义一些人的毁灭能力，应该说一说购买的威力。兰博的购买行为的威力直接划走了一片土地，在其之上，堂娜德丽亚正和她的小狗、小羊、奇迹般的野草、野生芬芳的花朵，以及有着古老而神圣味道的水果一起度过她丰饶的长寿岁月。

然而关于史泰龙作为购买者的可怕力量以及这意志的范例，并不该从尼采的角度去理解，而应从好莱坞式的无理性狂热角度去解读，他没能买下来，并不是因为他不想买。有些时候在强权面前过度的屈从反而会激起让人类更有尊严的抵抗机制。阿根廷当局为那块巴塔哥尼亚土地所估算的价格低得离谱，于是一些阿根廷农场主提醒政府不要对外国买家过于宽厚仁慈。

阿根廷政府自然没有回应，但一家法国媒体（《新观察家》报）在二〇〇三的三月五日偶然地公布了一条令人不安进而燃起更多人情绪的消息：阿根廷正在研究将巴塔哥尼亚交给美国以勾销欠国际货币基金组织的巨额债金。

消息从酒馆传到酒馆，从炉火边传到炉火边，激起了由务农者、农场主以及环保主义者领导的很大的骚动，于是递交土地的计划最终没有完成。

于是兰博，那个可以将上千名越南人开膛破肚的不可战胜的游击队员，在阿富汗和塔利班并肩作战用石块打下了直升机的游击队员，被一位个子小小的、年近百岁的、除了对土地的热爱别无其他武器的老妇人击败了。

这样的事情是会发生在巴塔哥尼亚的。这的确是一个幸福的结局。

治安官

我们就在埃尔博尔松附近，那是一个风景如画的城市，坐落于将内格罗河省和楚布特省分开的省界上。风将围绕墓园的巨大杨树吹得歪歪斜斜，它们的枝叶组成了一个广阔的拱顶，保护着在这里长眠的人的平安，他们在某次来到世界之南，满怀梦想、野心、希望、蓝图、爱，还有恨，满载能锻造生命短暂一站的最基本的材料。他们从四面八方而来，扛着自己的习俗和语言，在那里终结，在那个被遗忘的、任凭风吹的墓园，在地下的平静和死亡的普世语言中相聚。

一个唇间挂着根烟的男人在一座墓边整理着一些干花。

"有人跟我们说这里埋葬着马丁·谢菲尔德。"

"'治安官'。那个坏蛋就在那儿。"他说。

那是个看不出年龄的人，被风吹黑、被阳光晒黑的脸庞多少岁都有可能。

"您知道哪一座是他的墓吗?"我坚持问道。

"我知道,但是要过去的话得小心点儿,因为那混蛋下葬的时候手里握着两把柯尔特手枪,他要是不高兴了,会让咱们吃枪子儿的。"他一边说,一边开始走。

我们跟着他,经过了波兰人、意大利人、加利西亚人、犹太人、俄国人、威尔士人,还有克里奥尔人的坟墓。

马丁·谢菲尔德在二十世纪初来到巴塔哥尼亚。他讲着一口混杂的西班牙语,里面满是墨西哥—德克萨斯的方言词儿。他的遗产清单很简单:两把他会别在腿边的炫极了的柯尔特左轮手枪,一匹马具齐全、载一把德克萨斯骑椅的白马以及一枚写着"sheriff"(治安官)的别在粗布衣裳领口的星形标志。他是马尔希亚尔·拉富恩特·艾斯特法尼亚[①]笔下的那种人,只是离粗犷的美国西部很远。

"就在这儿,我希望在特别深的地方。"那人指着一个没有任何铭文的墓说。

那座坟墓被一层赭土覆盖,干硬、紧实,几乎像石头一

---

① 马尔希亚尔·拉富恩特·艾斯特法尼亚(1903—1984),西班牙作家,作品大多为西部小说。

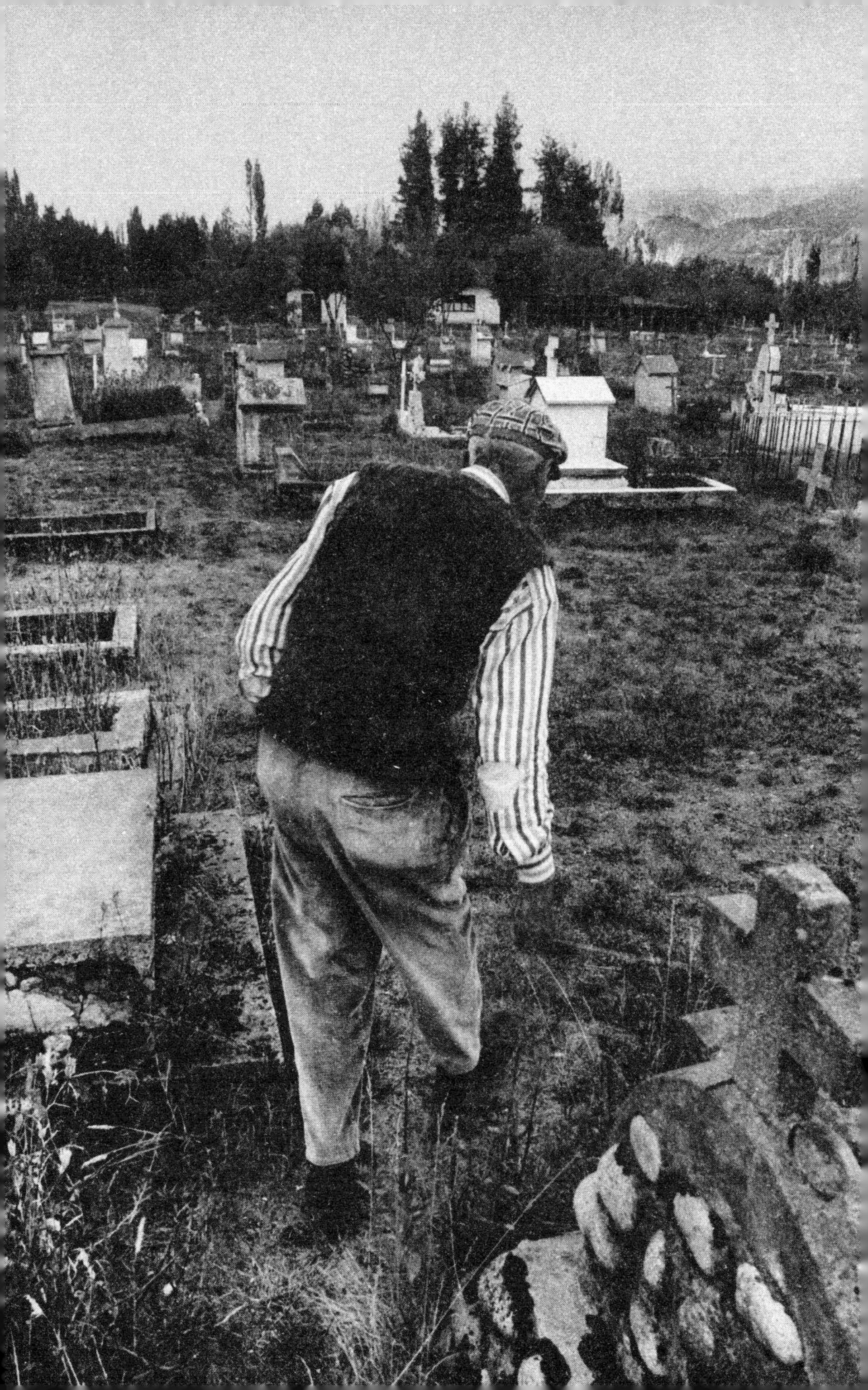

样，在它之上有一朵塑料做的雏菊，花瓣已经被烤焦了。几乎没有什么东西来装饰巴塔哥尼亚最显赫的传奇人物之一。

他可能死于一九三九年，没有人确切地知道，虽然有几部他的传记里是这样写的，但那也是那几个作家听来的，他们把那个地区的历史遗产都归在自己名下，那里的传说、神话和事实随风的意志而改变，因为在巴塔哥尼亚，历史不过是一种记叙文体，不用费心严格记录年份或是在意严肃的客观。通常在小酒馆里，当一个人准备讲一起大家都知道的事件时，会受到接下来的建议："像诗人一样吟唱吧，别像博士那样讲解。"

历史不过是一个装饰口传文学的托辞，或是将在炉边喝马黛茶的下午延长的借口。

有些人说他是被杀死的，另一些说他是在骑着他的白马、在那数百条从安第斯山湖泊发源的河流里找寻金子时突发心肌梗塞而死的。不管怎么说，当几个脚夫发现他时，他已经死了好几个星期了。

鹰和隼在那个身长一米八五、超过一百公斤的身体上美美地饱餐了一顿。它们撕碎了他厚厚的冬衣，直捣脏腑，只剩下干净的骨头，但没能从他身上移走他紧攥着的两把左轮

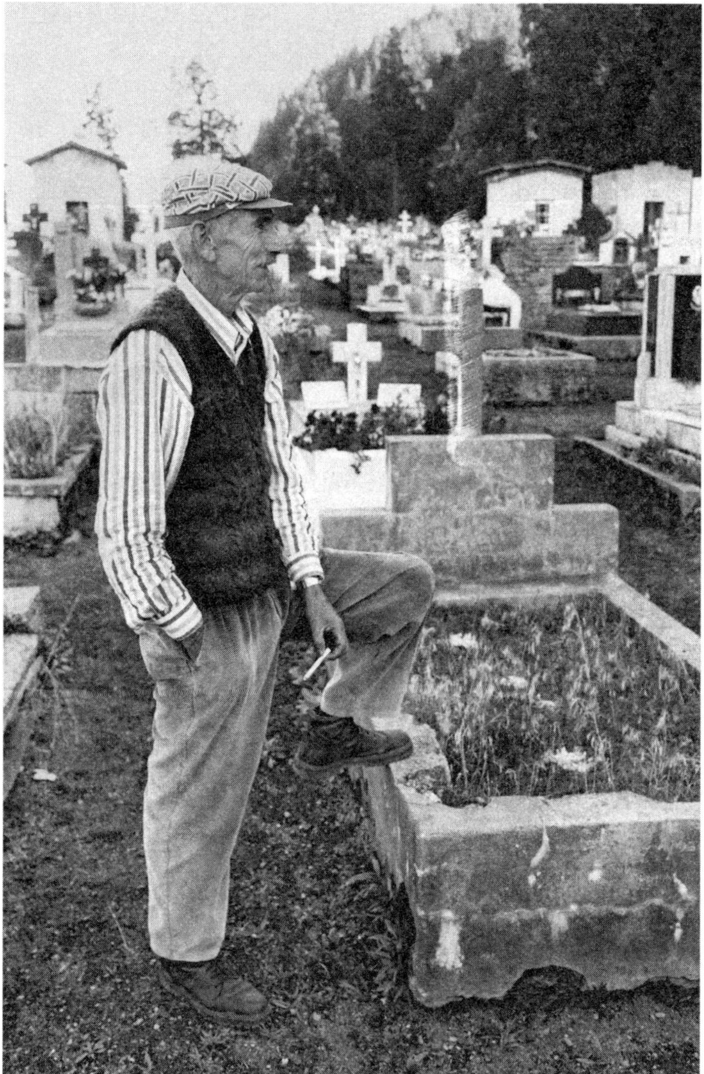

手枪。人们就这样找到了他的骨骸，知晓了是他，因为他还带着武器。

那些脚夫，和其他所有孤独的人一样心地善良，他们用石头盖住他的遗骸，直到一九五九年，他和玛丽亚·安卡比琼（至今忆起这个马普切女人都会令人心生敬畏）所生的十二个儿女之一，决定把尸骨移到埃尔博尔松的墓园去。

据传，玛丽亚·安卡比琼和他一样高大、威猛。如果不是这样的话，就无法解释为什么人们看见她出现在酒馆里后会那样的老实被动：他们弃牌桌而去，把纸牌扔得满天飞，好迎接她扇她丈夫的耳光，直到他被打得头晕眼花。人们会从谨慎的距离外看她一边把他扛上马，一边发牢骚："谁都别碰牌，等他再给我造个儿子就回来。"

人们说，因为巴塔哥尼亚的路太不平坦，所以那遗骨在"查塔车"（一种巨大的卡车）上没能经得住旅途颠簸，散了架，但两把枪依然被紧握在手骨里。

他坟墓上的一朵塑料雏菊和圣卡洛斯—德巴里洛切博物馆玻璃柜中的一颗刻着"Sheriff"的星形徽章是马丁·谢菲尔德所留下的全部。全部？不是，他还留下了一段供人娱乐、将人分类和给人激情的故事。流氓和探险者的故事总是这样。

有些人称他生于巴尔的摩，另一些人说他在德克萨斯州的汤格林县来到人世。在平克顿侦探事务所收藏的资料中有文件证明他年轻时曾在犹他州生活过。他那时只不过是个牛仔，虽然他武器用得很熟练，他意外地近距离见证了"野帮伙"的杀戮行动，那是一个抢劫银行和火车的小型军队，由"黑杰克"凯特查姆，哈里·崔西、PO8洛干（一个习惯为他们的暴行写些史诗的诗人）和扁鼻子克里，还有巴驰·凯西迪和其他明星罪犯组成①。

一八九八年年底，平克顿侦探事务所的员工在北美西部地区成功地制定了属于最有权势阶层（农场主和铁路公司）的法律②，就在抓获和消灭掉几乎所有的帮派之后。但是他们漏掉了一个：巴驰·凯西迪。

一九〇一年，平克顿侦探事务所收到了一条令人警觉的消息：巴驰·凯西迪已经离开联邦的地域、乘上"王子士兵"号向布宜诺斯艾利斯方向出发了。那不是一个人的旅行。有一个叫艾塔·普雷斯的小学老师和一个没有犯罪记录、人们

---

① 据译者所查，上述所列罪犯并不是"野帮伙"的成员，仅有一部分人和野帮伙成员有些联系。
② 平克顿侦探事务所曾是美国最大的私人执法机构。

叫他桑丹斯·基德的人陪着他。平克顿事务所立即派了一个侦探尾随跟踪。他们派出的是弗兰克·迪马尤，这个意大利人到达布宜诺斯艾利斯之后，发现那三人已经在巴塔哥尼亚的秋里拉附近买下了六千公顷的土地，正当他要动身出发前往世界之南时，他见识到了阿根廷首都的好。他认识了一位漂亮姑娘，是意大利人家的女儿，他感受到了安稳生活的召唤，于是把这噩耗发给了平克顿事务所，在当地安顿下来，做了一个皮鞋商人。

迪马尤牌皮鞋店在圣特尔莫的广场旁，每周日张罗起来的全世界最好的古玩市场上一直开到了一九七六年，在店里的荣誉墙上，挂着创始人的侦探徽章。在拉丁美洲，终点往往扭曲了外国佬的心愿。

也是在一九○一年，马丁·谢菲尔德进了平克顿事务所。据一些人说，他与这家侦探事务所在德克萨斯休斯敦的办事处签了份合约。另一些人说，是在旧金山，他因为反复偷懒而在那里度过了短暂的刑期。不管真相如何，他都觉得五万美金取巴驰·凯西迪人头的奖励是去趟阿根廷的好理由。

他在一九○二年二月六日到达布宜诺斯艾利斯。港口的移民酒店在一八三○年至一九六○年间曾接待了数以万计的初来乍到的人，他在那里登记时所用的名字是马丁·谢菲尔德，美国的治安官，也许他还指了指那枚多年前从一个真正的治安官（那人最后在蒙大拿州用酒精结束了自己的生命）身上偷走的银质星形徽章。我们应该问问凭他那一口德州-墨西哥口音的西班牙语，他究竟是怎么到达巴塔哥尼亚的。

艾塔·普雷斯、巴驰·凯西迪和桑丹斯·基德在秋里拉附近建造的木屋仍然立在那里，它的坚实牢固令它多年来一直保持着这般样貌。当我的同伴和我到那里时，里面住着一户姓塞普尔维达的人家。在一个天空变幻不定的下午，我们同堂阿拉蒂诺·塞普尔维达聊了聊、喝了些马黛茶，他是一家之主，一位有着儿童般眼神的老人，狡黠如一只狐狸。

"他当然找到了他们。他到了这儿，和他们谈了谈。我那会儿还没有出生，我今年刚满八十四岁，是父亲给我讲的。大概是在一九〇二年，谢菲尔德骑着一匹白马到了这儿，他从来没有骑过别的颜色的马，他隔着木栅栏喊：'巴驰，太阳！'那两个人用西班牙语答他说他们叫堂佩德罗和堂何塞。于是谢菲尔德开始大笑，几乎笑得要从马上跌下来，之后他们就开始说英语。"

我们永远不会知道他们谈了什么，但很显然，大家达成了一个共处协议，因为一九〇二年至一九〇五年间谢菲尔德发给平克顿的电报上永远都是同样的理由："阿根廷是个很大的国家，我正在追踪他们"。

一九〇五年，一个自称安德鲁·杜菲的美国人到达了秋里拉的木屋。事实上，他叫哈维·洛干，是"野帮伙"的创始人之一，两年前他以自己的方式，凭枪子儿离开了田纳西州诺克斯维尔的监狱，他的逃离结束了四个以安安静静种锦葵为重要工作的看管者的生命。在同一年，巴驰·凯西迪、艾塔·普雷斯、桑丹斯·基德以及新来的那位一起在圣克鲁斯市抢劫了南方银行。

与此同时，谢菲尔德记录着他从未寄给平克顿事务所的资料。乔·吉里安是新西兰人，他满怀热情地收集着所有关于巴驰·凯西迪的东西，在位于瓜依特卡斯群岛的家中，他为我展示了一本属于马丁·谢菲尔德的用棕色皮装订的记事本。在一九〇七年十月的一篇记录中我们可以读到："在他们扛着威尔士人的钱出来时，我可以开枪毙了他们。我可以，但是我没有那么做。"一九〇七年，那群小伙子和那位女教师抢劫了梅尔塞德斯镇的国家银行，因为哈维·洛干杀害了经理，所以事情变得复杂了。在谢菲尔德的记事本中我们可以读到:"一开始我没有认出那个女人,因为她穿着男人的衣服。那个死人给我们带来了很多困难。"

我们永远无法得知巴驰·凯西迪、桑丹斯·基德、艾塔·普雷斯和马丁·谢菲尔德之间协议的范围究竟到哪里,但很有可能那些银行劫案的部分战利品买下了"治安官"的沉默,因为在一九〇七年,他得到了楚布特省埃尔马伊顿附近五千公顷土地。那一定是场艰难而有趣的谈判。如果哈维·洛干也参与其中,就会是四对一的局面,四个不同口径的家伙对追求赏金的捕猎者的两把柯尔特点四五口径手枪。

根据父亲的话,堂阿拉蒂诺·塞普尔维达向我们肯定,谢菲尔德和那几个团伙成员的会面持续了好几个日夜。他们醉酒、叫喊、大笑,用克里奥尔人不懂的语言骂人,最终,"治安官"骑着他的白马离开了。

"想知道我怎么想的吗?"堂阿拉蒂诺·塞普尔维达问道。

"当然想知道。"我回答着,从木墙上拔下几根木刺。到现在我还留着它们。

"谢菲尔德对他们说他不想杀人。死人总是让事情变得复杂。一个人可以是世界上最平和无害的人,但他只要一死,就会把某人的生活搞乱。"

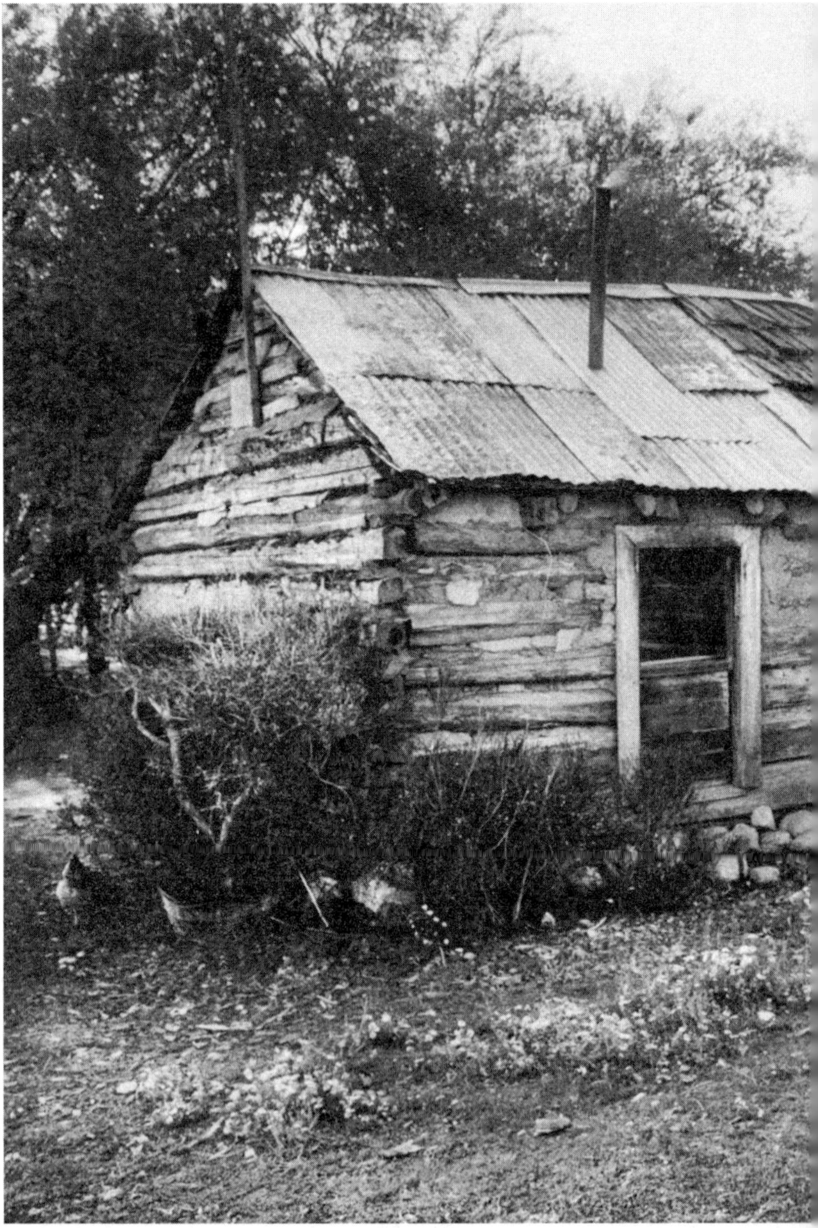

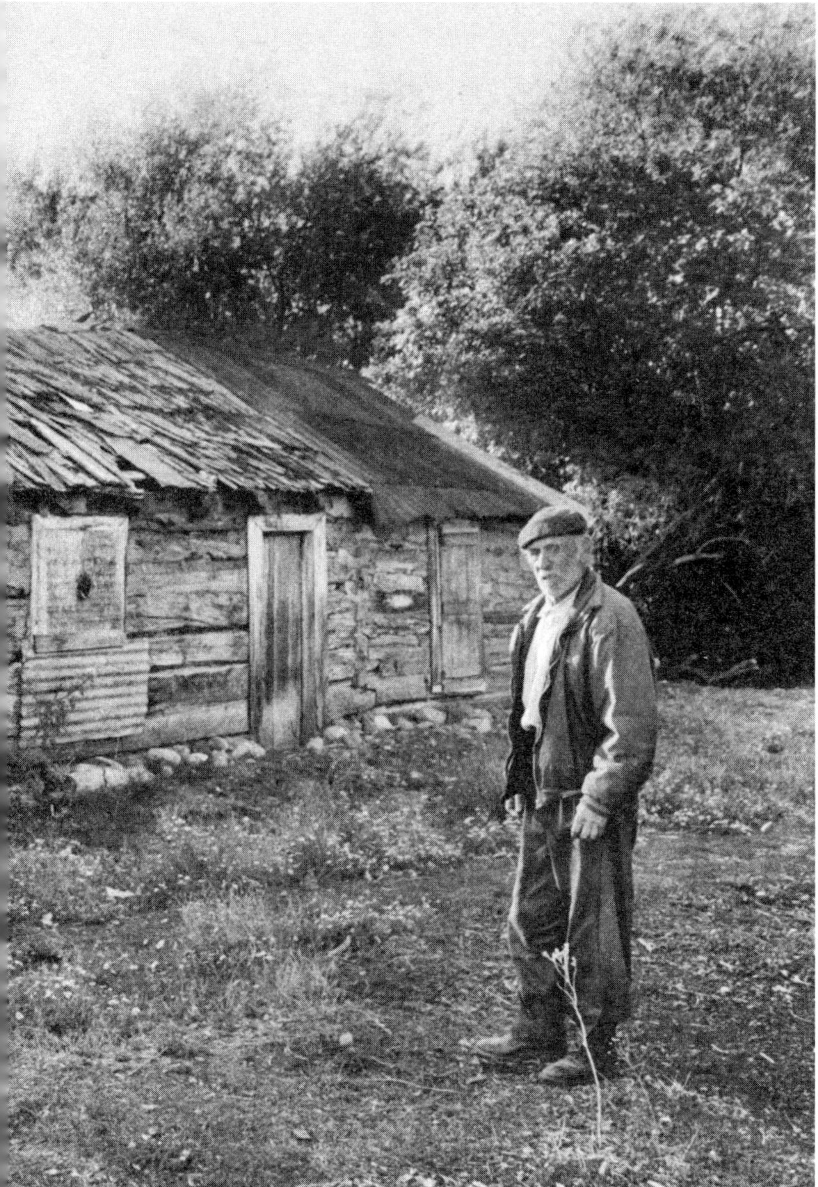

人们知道，银行生意的主角儿有两种：一种是衣冠楚楚的盗贼，另一种是面具遮脸的强盗。在梅尔塞德斯镇得手之后，巴驰·凯西迪、艾塔·普雷斯和桑丹斯·基德暂时停止了在银行的行动。哈维·洛干无影无踪地消失了，艾塔·普雷斯悄悄地回到了美国，在那里她最后死于癌症。巴驰和桑丹斯卖掉了秋里拉的房子，往更南的地方去了，往世界尽头去了。他们穿过了麦哲伦海峡，进入火地岛，在那里，他们变成了传奇——两个为了资助无政府主义革命而抢劫银行和付款人的浪漫老家伙。

一座没有名字的坟墓和一朵塑料雏菊。"治安官"在走过巴塔哥尼亚之后留下了很少的东西。

"认识他的人中还有活着的吗？"我问那个把香烟挂在唇间的男人。

"有个女儿还活着。她是那骗子最后一个还活着的女儿。"他回答的声音中混杂着崇仰和轻蔑。

第二天，我们出发去见马丁·谢菲尔德的女儿。我们在路上开的是人家赞助的那辆车，因为道路崎岖，它已经开始抱怨了，在那些用来吃饭、加油，以及查看我们觉得越来越大的地图的休息站里、在和当地人的交谈中，我们开始发现巴塔哥尼亚铁路和"治安官"之间的关系。

一九三三年,人们开始勘测描绘联结纽金克和埃尔马伊顿的线路图,是谢菲尔德的羊肉在喂养着工作队的成员。他喜欢用他惊人的枪手绝活儿来娱乐大家。他能把一个毫无准备的年轻人唇间的香烟射飞,甚至把另一个人的胡须烧焦,用点四五口径的子弹做到这一点一直都令人赞叹不已。当铁路设计图最终完成时,为了烤肉大宴,马丁·谢菲尔德杀了六头小牛和三十只羊来款待大家。我们遇见了一些埃尔马伊顿、艾斯凯尔、勒勒克和秋里拉的老人,他们仍记得那个外国佬的慷慨大方,正是这种对财富的蔑视,加上他在南方土地上生养的众多子女,最终毁灭了他。所以他在死时,或在被杀时,是在寻找金子。

"您知道谁是马丁·谢菲尔德吗?"我在小酒馆问一位老人,他马上为我送上了马黛茶壶。

"我怎么会不知道呢!大家都知道。"他一边回答,一边接过一支烟。

"给我讲讲,老兄,给我讲讲吧。"

"他是个孤独的人。他有很多朋友,有很多孩子,可他是个孤独的人。没人知道他从哪儿弄那么多钱来买那么多土地的，后来全都没了。他们说他是来抓那些外国逃犯的，但他没那么做。他是个神枪手，喝醉的时候喜欢下很大的赌注。比如说赌他能把一个女士的鞋跟打飞，他握着左轮手枪，然后就做到了。要是人家的男朋友或者丈夫不干了，他就送他们两只羊，事情就那么解决了。当羊毛价格按金子算的时候，他曾经有过十万多只羊，但他穿得像个流浪汉似的。他从这儿跑到那儿，总是一个人。他骑着他的白马从秋里拉到艾斯凯尔，从纽金克到波特苏埃洛，总是一个人。有时候他在小酒馆里停一会儿，玩几局，输钱像流水一样，有时和坐在他大腿上的女人唱会儿歌，但是会突然停下，去角落里继续一个人喝酒。在深处，他是个被抛弃的人，但不是因为朋友、女人和孩子抛弃了他，是因为他一个人抛弃了自己。一个孤独、怪异但是脾气特别好的男人。你知道蛇颈龙的故事吗？"

是谢菲尔德开的人玩笑。 九二二年的 天，他给布宜诺斯艾利斯动物园园长写了封信，向他描述一种动物的存在，活的，生活在黑湖①水面下。他所作的描述实在太过确实、精准，以至于没有任何科学家或自然学家怀疑那是条蛇颈龙。

―――――――――――

① 黑湖，位于阿根廷纳韦尔瓦皮国家公园内。

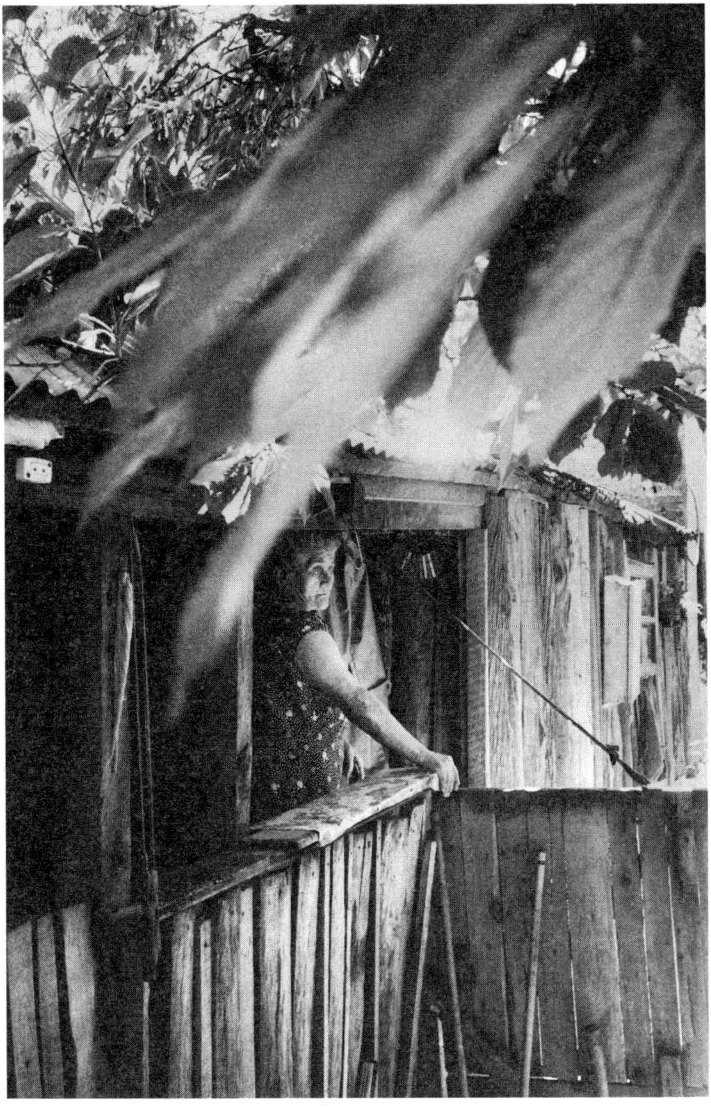

从世界各地来的十几家科学协会为到底有没有权利猎捕蛇颈龙争论了一番。美国共和党主席沃伦·哈丁威胁说，如果不把蛇颈龙的未来交到史密森尼学会手中，美国将采取打击报复的手段，英国王室则认为如果蛇颈龙不被大英博物馆的博士们研究一番是不可思议的事，甚至还在一位作曲家的推广之后将一曲蛇颈龙探戈献给了它。

最后，所有期待将那史前动物据为己有的人都到达了布宜诺斯艾利斯，他们在圈套中，乱糟糟地向巴塔哥尼亚赶去了。这些人发现黑湖中的那个动物是一段裹在牛皮里的树干。巴塔哥尼亚人提起谢菲尔德的玩笑都会纵声大笑，他们现在还会这样，只是那时的科学家和阿根廷政府可不会幽默地看待这件事。

我们在离埃尔马伊顿很近的地方抛下了崎岖透顶的道，向西开上了一条松软而尘土飞扬的路，目的地是胡安娜·谢菲尔德的家，她是那位好开玩笑的探险者的最后一个女儿。在令我们的嗓子干涸、让我们担心照相机命运的尘土中，为了打起精神，两人在凤头麦鸡控诉般的呱呱声中放声大吼"乌拉圭不是条河，是飘过的蓝色天空"，一直吼到我们在几个小时的奔波后看到了那一栋"治安官"为他女儿建起的小木屋为止。

它建在一个美丽得慑人的地方,周围长着栎树、柚木、杨树和冬青栎,空气闻起来有安第斯山巴塔哥尼亚的纯净木头味、健康动物的粪便味,还有令灵魂快乐的草叶味。

堂娜胡安娜·谢菲尔德八十六岁。她看起来很高。这位需要依靠拐杖行走的女士仍满怀傲气。她的被划分为多个区块的、也许曾布满所有的爱和所有的恨的面庞绝对是巴塔哥尼亚式的,因为在它之上潜伏混合着一位马普切母亲和一位美国佬父亲的特征,没有人知道它同时携带着多少种血缘。

她为我在面前安排了个座位,摆好了马黛茶壶。她用讨人喜欢的动作平整了一下围裙,又确定了一下自己卷成一个充满活力的发髻的白发是否对称。在我的同伴为她照相时,她问是什么把我们带到这儿来的。

"您的父亲。和我们讲讲您的父亲吧。"

"马丁·谢菲尔德。'治安官',马丁·谢菲尔德。他建起了这栋房子,还有其他很多栋。他是个男人,他们因此爱他又恨他,因为他是个男人。做男人从不是简单的事。"

"一个很喜欢开大玩笑的男人。"

"一些傻事。他很有幽默感,但从来没有伤害过任何人。

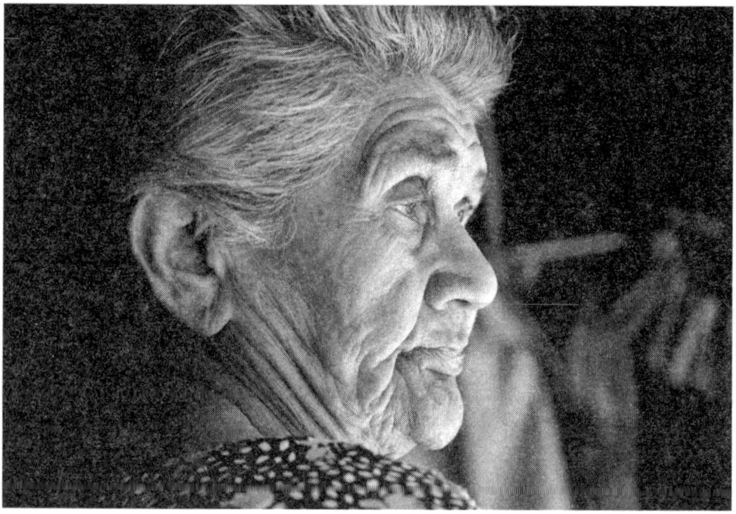

确实，有时候，他喝醉了就热衷于打赌。有一次没有瞄准，打飞了一个高乔人的鼻子，但是他从不伤害任何人。"

"有人说打下了鼻子和脑袋的其余部分。"

"真荒唐，这就是以前的生活。不简单，在巴塔哥尼亚的生活从来就没有简单过，而且，人们在所有地方活着又死去。他是一个人死的。人就应该这样死。"

"我们去过他的墓了。很荒凉。"

"把他的尸骨带到墓穴里是个错误。我们应该把他留在那儿，在拉斯米纳斯的溪水边，在他们找到他的地方，但是儿女们都很脆弱。现在已经没有像我父亲这样的人了，尊敬他的最好方式，就是不去那墓地。"

在从她家离开之前，堂胡安娜·谢菲尔德递给我们一些刚出炉的面包和煮鸡蛋，让我们路上吃。她把一切裹入手绢的充满爱意的样子反驳着她言语和动作的冷酷。

我们在一片翻滚不定、预示着暴雨的天空下启程回去，但两人并不在乎，因为我们知道道路是永恒的惊喜。在半小时的步行中，我们看到了大雨是怎样在宽阔的盆地落下的，再往前走，我们穿过了一道壮丽的彩虹，到达秋里拉的公路时，我们停下来看到了一队骑士在远处飞驰而过。

他们中的一人骑着一匹白马，我们不禁自问那些骑士是在生命的这一边还是另一边的平原奔驰，而那位骑白马的骑士又是否碰巧在衣领上别了一枚星形的治安官徽章呢？

"巴塔哥尼亚特快"的最后一段旅程

我们知道"特洛奇达"号每星期二从埃尔马伊顿出发，在巴塔哥尼亚式准点的某个时刻（大约在早晨八点到正午之间）发车，在行至艾斯凯尔后于周四返回，并在相似的准点时刻离开，跑完三百五十公里的回程。在私有化和阿根廷铁路死亡之后，原来一千七百公里的"巴塔哥尼亚特快"线只剩这一小部分了。

那天早晨的车站显得异常空荡。据我们对这一地区的了解，埃尔马伊顿居民要去艾斯凯尔购买物资、看病以及和官僚集团作斗争时，老火车仍旧是他们唯一的交通工具。售票处还关着，于是我们便在车站里走了走，直到走近车间前都没有遇见任何人。收音机的音乐和一些人声从车间里飘了出来。那是一个很大的棚屋，在成吨的生锈了的金属、一台露出了它钢铁内脏的蒸汽发动机以及三节木车厢间，有一群穿着经典蓝色工装裤的男人。

他们是六个年龄不同的人，四个年纪较大的在玩牌，另外两个年纪轻一些的在旁边看，他们掂量着局中人的技巧，想着陪伴牌局的歌词的韵脚，传递着马黛茶壶。

"你们好吗，小伙子们？"其中一个看到我们后问候道。

我们回应了问候，马上就被邀请和他们一同享用马黛茶，以及一些面包配奶酪。

"可以问一下是什么把两位带到这村里来的吗？"另一个人问道。

"是火车。有人和我们说今天会发车去艾斯凯尔。"

我们今天的工作计划非常简单。我的同伴会坐火车走，从里面拍些照片，而我则开汽车跟着。我们会在艾斯凯尔待到周四，那时候我们反过来，我在火车上，用札记填满笔记本，而我的同伴则开车回去，从外面照些照片。

"是这样的。今天发车，之前不发，之后也不会发。"机械工之一说。

"什么时候发？"我们想知道。

"这个谁也不知道。它被'charteado'了。"年轻人中的一个肯定道。

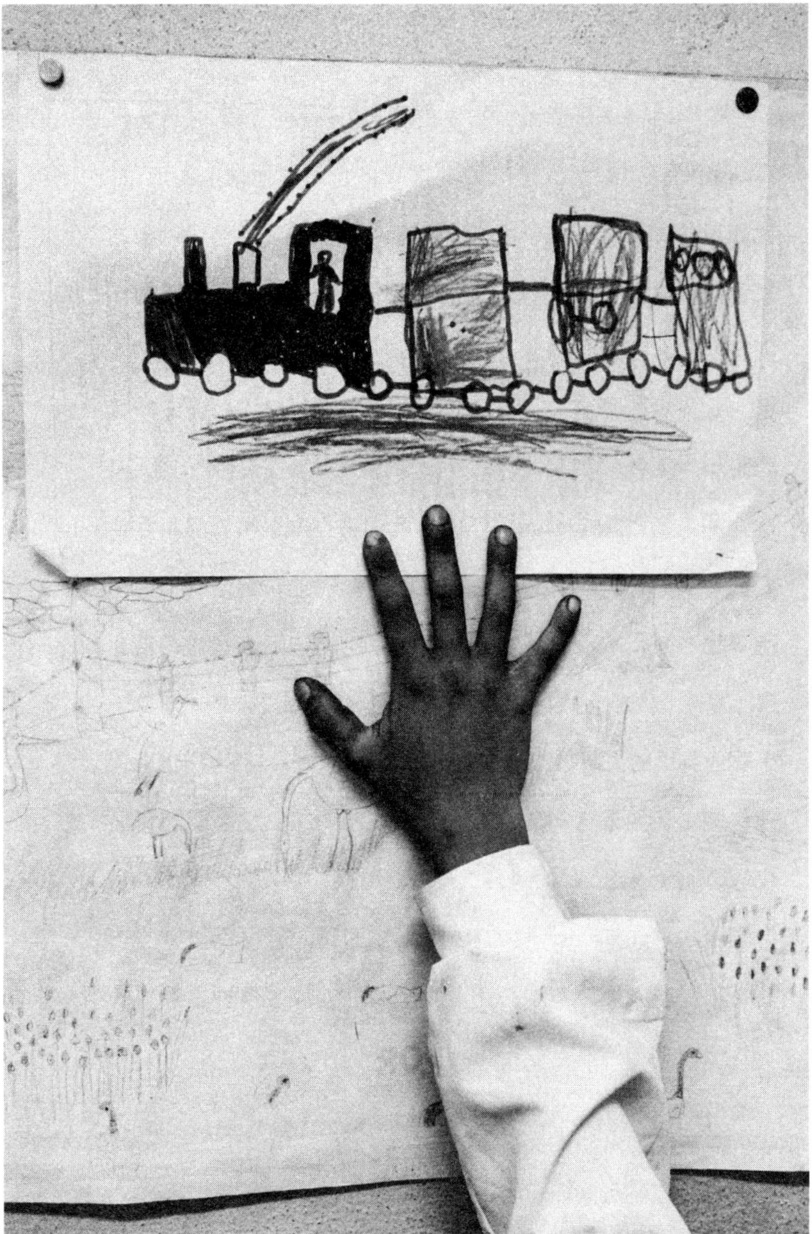

这个动词真是奇怪，这是我们的第一反应，不过也并没有让我们惊讶。西班牙语的丰富来自它对其他词汇的取用，比如原住民语言中的词汇，或者因讲其他语言的移民带来的发音困难、因克里奥尔人面对生词时的听力问题而生成的词汇。两年前西班牙皇家语言学院接受了单词"chimichurri"，把它定义为一种由油、醋、盐、牛至和香料组成的为肉调味的酱汁。根据该学院的说法，这个词源于一个艾马拉[①]词，但这并不正确。"chimichurri"这个单词来自一个半聋的高乔仆人在为英国农场主服务时所遇到的困难，他一定是听了上千遍"give me a curry[②]"的命令，因为众所周知，英国人喜欢在肉上撒咖喱粉，他们会用咖喱称呼任何一种调味品。如果一个不懂英语的人听上一百次"give me a curry"，那声调也会留在他脑中，如果这句话听上两百次，听力机制也可能把它简化为"givmi acurry"，到第三百次的时候，它便会转化成一种音素符号"gimiacurry"，但因为它指的是一种可以触碰的东西，那聪明人便改造了一下音素，将它变成了一种更顺耳的

---

① 艾马拉，生活在的的喀喀湖地区的原住民。
② 英语，意为"把咖喱给我"或"把调料给我"。

新声音，不用来定义英国人的乏味酱汁，而用来指高乔人常用的、在叫作"chimichurri"前被悲惨地命名为萨姆埃拉汁（salmuera）的调味料。"give me a curry"——"givmiacurry"——"gimicurry"——"chimichurri"！

"charteado 是从 chartear 来的？"我的同伴问。

从"chartear"来的，一个该死的新动词。从"charter[①]"来的。一个爱好蒸汽火车的德州富豪休闲协会已经无时限地"charteado"了"巴塔哥尼亚特快"，他们不在乎埃尔马伊顿、艾斯凯尔、纽金克和勒勒克的居民失去唯一的交通工具。最有权势的人是"堂金钱"先生。一辆火车被一些游手好闲之辈的购买权力绑架了，而从布宜诺斯艾利斯派来的腐败官员同谋决定了老火车的"非营利性"。当我们遇见这些铁路人时，"特洛奇达"号在那些游客手里已经十一天了，铁路工作者们没有掩饰他们的不满，同时又尝试着安慰我们，给我们提供了一个解决办法。

"今天那些家伙里有一个要来。我想大概是古巴人或多米尼加人，是他们的翻译。两位可以和他谈谈，也许他会让你

---

① 西班牙语，意为"包机"。

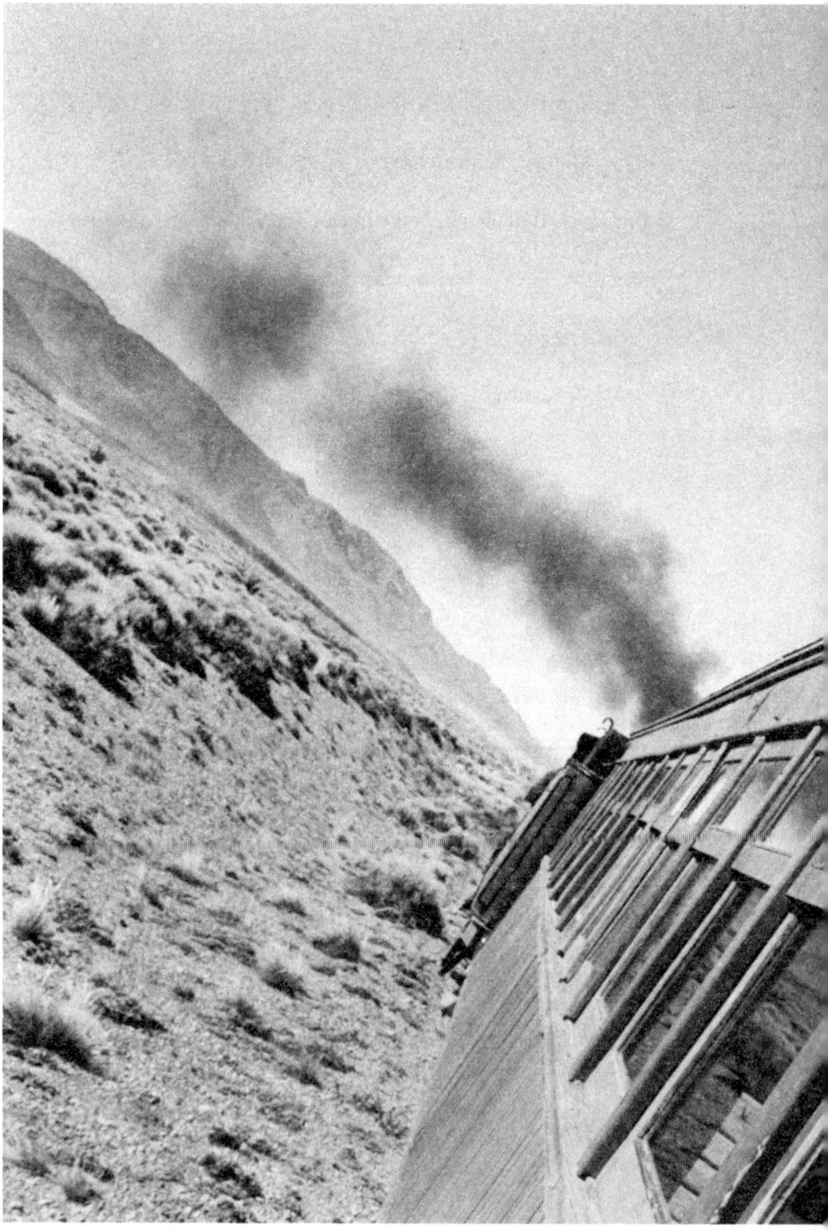

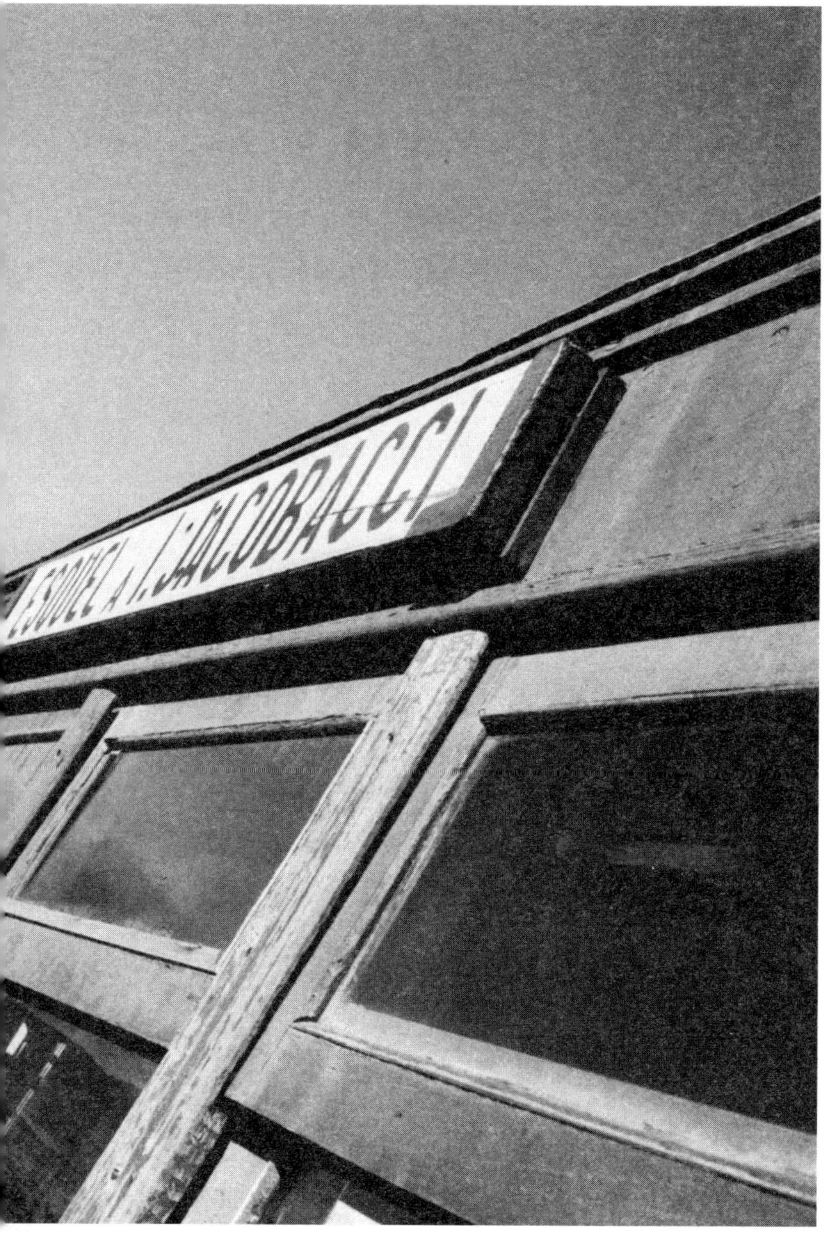
JACOBACCI

们上'特洛奇达'号。"马尔塞罗说。他是我们永远不会忘记的人。

我们决定等那翻译来,在等待的过程中和这群人聊聊。像所有的巴塔哥尼亚人一样,他们每一个人都有可讲的东西,而且话说得连续而缓慢,仿佛在剥掉所说内容的分量。

"两位看到我们正在修的发动机了吗?那可是个宝贝,一台玛菲350,德国货,一九一五年造的。世界上别的地方已经没有这种机器了。我们有两台,它们是'特洛奇达'号历史的一部分。这条铁路线是英国人建的,但是不是按照英国方式建的。他们花一百年造出一辆火车,能开两百年,因为货运和旅客永远都是有保障的生意。但是,他们来巴塔哥尼亚造火车是为了把他们的资产连起来,为了把羊毛运到货运码头去。其他的乘客或货品他们从来都没在乎过。"一个人肯定地说。

那个穿蓝色工装裤的人了解阿根廷铁路的历史,尤其是和"巴塔哥尼亚特快"有关的部分。从一九〇五年开始,英国铁路的利益便和地产投机生意挂起了钩。虽然他们在阿根廷国会面前展示了大量的铁路工程计划,并且有法律要求这些工程均为国有,但是总会碰到铁路线必须穿过英国大地主土地的偶然情况。阿根廷政府提供了赔款，但是英国人拒绝接受。在王室的支持下，他们建立了铁路协会，于是乎，比如在一九○八年，英国铁路公司开始主持修建的从圣安东尼奥到纳韦尔瓦皮的线路就涉及了七十五万公顷的巴塔哥尼亚土地。自然而然地，他们把线路修到了自己的原野旁边，这样便可以立即获得毗邻土地的所有权。

"他们从不干任何干净的事儿，我们没有什么好感谢他们的。他们知道只有羊毛生意繁荣的时候，铁路才会存在。他们带来了残旧品、不适合这地区的机器。他们买了法国的废铁，比如 HH.圣皮埃尔发动机，那是连接智利圣地亚哥和门多萨的横贯安第斯山的铁路线上报废了的机器。那种高山机器很费水，它的锅炉有四个垂直管，这对缺水地区来讲太奢侈了。这儿很少下雨，是个半荒漠的草原。"马尔塞罗补充道。

"但是我们这一段是不同的。英国人以为他们是这儿的领导，但是老百姓按自己的方式干活儿。您想想，那时候连测绘仪都不会支起来的。到一九一一年，在水文协会的帮助下，才做了第一次地面研究。十个人起码负责一万平方公里。为了让'特洛奇达'号跑起来，铺设线路可是花了血汗的，雇工一年完成了二十公里的一半,冬天时,他们在零下二十度的条件下工作,得灌下很多酒才能撑得过那寒冷,所以我们习惯了像意大利人一样吃早饭,喝仙山露①。最可怕的是春天,因为那会儿流感会来,那时还不知道有抗生素。那些老乡很坚强。"老人中的一位骄傲地说。

"给他们讲讲秃瓢儿郎德的事儿!"马尔塞罗鼓动他说。

"安利奎·郎德是一个丹麦工程师,那人是特别典型的金发碧眼,是唯一一个有双层篷顶帐篷的人。白天的时候他把一个煤油炉留在屋里,晚上把它拿出来免得窒息。外面有零下二十度,因为那维京人很高,睡觉时头会贴着帐篷一侧的帆布,他呵的气产生的湿气结了冰,把他的头发粘住了,于是当他醒来的时候,就把一部分粘住的头发给揪掉了。就这样,安利奎·郎德变成了秃瓢儿。"老人总结道,我们都伴着他的嘎嘎笑声笑了起来。

一辆傲慢的、拥有闪亮镀铬保险杠和车顶探照灯的全能越野车的到来打断了棚屋间的欢乐。它的车速很快,刹车时扬起一阵尘烟,等风把它们吹散时,从车上下来了四个尽显

---

① 仙山露,一种苦艾酒。

德州漂亮身材的人，这身体加起来可以聚集半吨脂肪的三男一女所穿的衣服能让他们在非洲大草原的任意地方开展野外探险活动。司机也下了车，那是一个很瘦的人，头发用发蜡梳得完美无缺，颈上挂了一条配得上玛丽皇后的金链子。就差一个大锚，他的首饰便完美了。

胖子的笑声四重奏一直不停，那女人笑得尤其厉害，在他们笑声的召唤下，站长迅速地赶到了，他是个比那些德州人个头稍小些的家伙，一直不停地点头哈腰，同时询问还有什么可以帮忙的地方。

那司机同时也是翻译，说话时带着一口无可辩驳的古巴口音。他一个手势打断了站长卑躬屈膝的表现，用手指向我的同伴（当时他正在为那个老旧的德国发动机照相）说：

"我和您说过，我们不想在火车属于我们的时候看到任何记者。"

我本想让他不要紧张，说我们不是记者，只是两个碰巧路过那里的旅客，但马尔塞罗说得更快：

"他们是我的朋友，想见识一下车间，我就请他们来了。而且诸位已经不再租那辆车了，它不属于诸位了。"

"但是，马尔塞罗，你应该先通知我。这些先生们付了很多钱,叫我不要让任何人打扰他们。如果人人都做自己想做的事,咱们怎么进步啊?"站长批评道。

"在车站是你管事儿,胖子。但是在车间里,你什么都管不着。"老机械工之一说。

站长用轻蔑的神态来回应,同时,他挽着德州女人的胳膊,小声说了句"没问题"[①],这又引起了胖女人新一轮的大笑。我的同伴和我借机去和古巴人说话。

"我们想上火车,拍几张照,就这样。能帮我们一把吗?"我的同伴问。

古巴人在回答之前好好地端详了我们一番。

"你们准备掏多少?"

"你开个价,咱们商量。"我的同伴提议。

古巴人走到正饶有兴致地看着站长的三个男胖子和一个女胖子面前,和其中的一个说了几句,点了点他的发蜡油头表示赞成,而后又回到了我们身边。

"在谈价格前,我想知道两位是不是那些因为我们租火车而抗议的人。"他带着威胁的口气质询道。

---

① 原文为英语。

"你是不是古巴人?"我问。

"古巴裔美国人。"他回答时还把胡子翘起,试图做出一副自豪爱国或其他从古巴裔美国人基金会里学到的愚蠢表情。

"多少钱?"我的同伴打断了他。

"五千美元,我们带你们到下一站。只能是单程。"

下一站在三十公里以外,坐"特洛奇达"号不到一小时就能到。古巴人摸着发蜡油头等待着回答。

"人们说西班牙语的时候你都明白吧?"我用最友好的口气问道。

"当然,我做团队的翻译是有道理的。"他带着骄傲的新表情答道。

"那告诉你老板,让他滚回他的婊子娘胎去。单程,只能单程。"我的同伴用他最和善的语气插进话来。

当和古巴裔美国人表面上的兄弟般的交流就要进行到用拳头问候的阶段时,我们被那德州女人歇斯底里的叫声打断了,她用一只手拽着站长,另一只手指着车间,上演了一出令我想起美国人从越南逃跑时的恐惧面孔的史诗剧。

穿着捕猎大象装的一个胖子匆匆忙忙地从车间跑了出来,在他之后,走出了一位迈着从容步伐、手里拿着扳手的老机械师。

"把这些拿走吧，不要脸的。"老人要求道。

无需再重复一遍命令，四个德州人和那个非裔美国人上车走了，留下了一串浓浓的尘烟。站长在他们后面跑着，就这样看着他们在飞扬的尘土中消失了。

"这儿没人是集市上被耍的猴。托尼多也不是。"老人肯定地说着，再次把我们邀请进了车间。

我们看到一个身形巨大的人坐在木盒子上，因为脸上有粉刺，他可能是个被抛弃的少年，也有可能是成年人。他将近两米高，十分壮硕，有明显马普切人特征的脸庞上，友好的微笑转变成因做了些自己不理解的事情而产生的焦虑神情。

托尼多热爱火车和与火车有关的一切。因为智力障碍，他在六岁时便被抛弃，成了无所依靠的孩子，但是在被埃尔马伊顿的铁路工人收养之后，他有时也会做他们的"永久学徒"；必要时，他会凭自己的力气，和别人合作抬起很重的物件，他有一张想坐时就能免费乘坐"特洛奇达"号的通行证，而且车间里的小伙子们还为他制作了一台在轨道上靠踏板行进的机器。幸福地坐在他的铁轨四轮车上的托尼多会跑遍所有线路，如果出现了任何问题便会回来报告。

"那个不要脸的给了他一块巧克力，看到托尼多打不开包装，就开始大笑，还给他照相。"老人一边递上马黛茶壶，一边嘟囔道。

"不要脸的。"托尼多满嘴巧克力地重复道。

"好吧，咱们没火车了。"我说。

我们安静地喝了会儿马黛茶，抽了几口烟。我的同伴问是否可以给车间拍几张照片，他们兴奋地同意了，我留下来和保护托尼多的人在一起，他把一块羊排摘下来，开始切上面的肥肉。

"两位喜欢铁盘煎羊排吗？"他问。

"有谁不喜欢呢？"我回答道，因为这是事实。

马尔塞罗点着锻造车间的炭火，把铁盘锅放在上面，等烧到很热的时候把肉扔在上面。于是，肥油慢慢地顺着边缘留下来，烟香味将饥饿转成了欲望，那些杏仁金色的、没有肥肉的肋排再一次告诉我们，世界上最好的羊肉是巴塔哥尼亚的，比"最好"更好的是在铁路车间里用手撕着吃的。

"小伙子们！"马尔塞罗一边说，一边倒上了几杯红酒，"两位是来给'特洛奇达'号照相的，就一定能照成。"

"就这样说定了！"一位老人喊道。

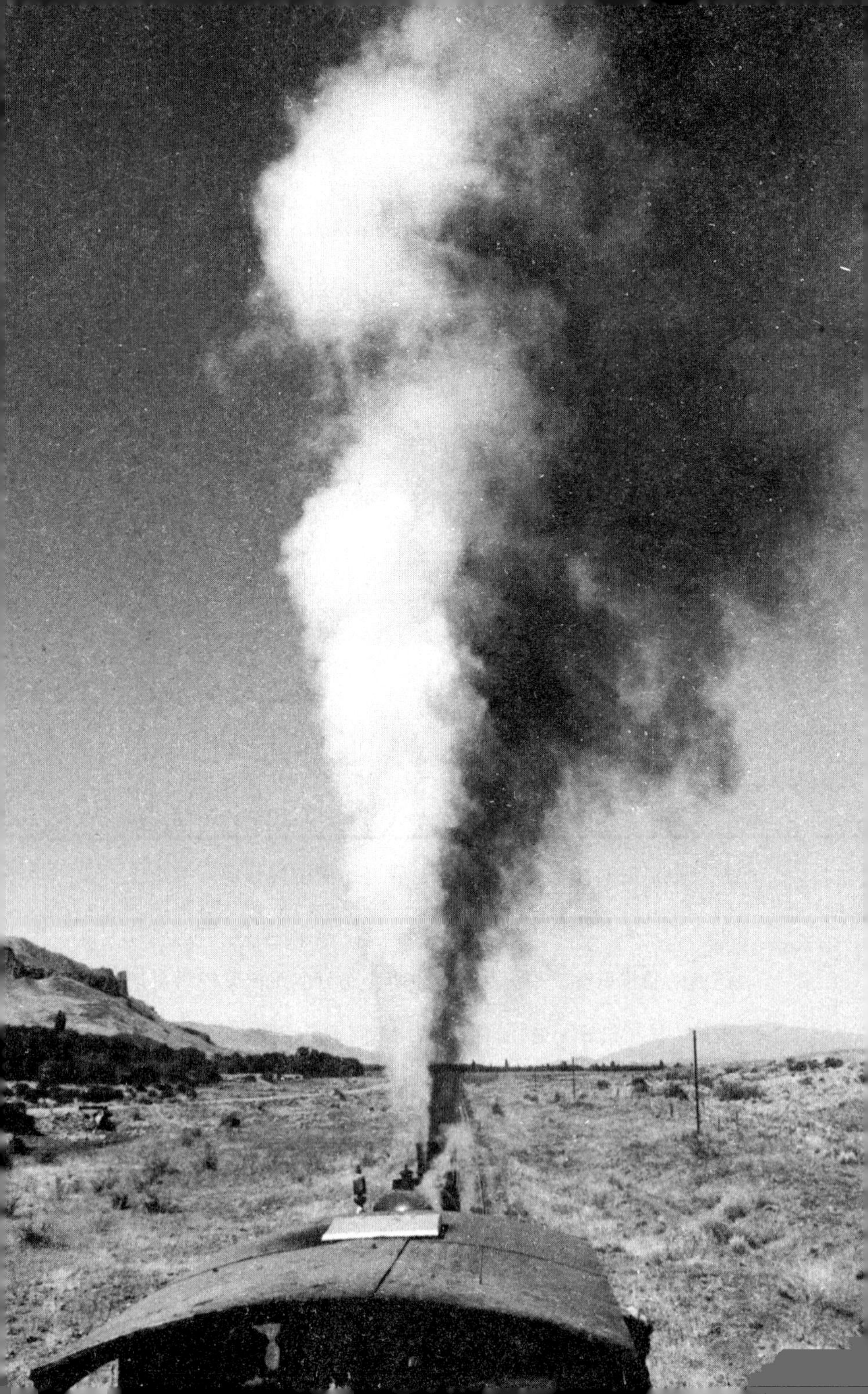

我的同伴和我看了看对方，决定加入到他们的提议中，因为在南纬四十二度以南，信任的产生没有中间地带，没有含混不清或愚蠢迟钝的所谓谨慎。

"明天一大早我们等着两位，七点钟，在足球场。带点比索好买粗油。"马尔塞罗告诉我们。

我们快乐地离开车间，在和那些铁路人告别时热情地握了手。在下午余出的时间里我们逛了逛埃尔马伊顿，找到了一家床铺生硬的小客栈，在日落时，我们被一家餐厅的名字"巴塔哥尼亚特快"吸引了进去，吃到了我们吃过的最棒的肋条肉卷之一，一直吃到撑。之后，在一个公园里，我们坐下来望了望那千万颗点亮巴塔哥尼亚的星星。很奇怪地，那晚的风一阵阵的，很轻柔，几乎是可爱的。在相互传递带在身上的那瓶红酒时，突然间，我们发现两人酝酿着相同的想法。

那一趟旅行带着不可磨灭的告别的印记。不管我们去到哪里，只要在南纬四十二度以南，人们便会告诉我们，一切都变得飞快，但不是往好的方向。和七十年代的那种方式一样，人们被可怕的机器吞噬并消逝，近来事物也开始消失，那些到某一刻还一直自然存在的东西、作为生活无可辩驳的一部分的东西，猛然间就不在了。老师和家长们发现，保证学校早餐的国家基金突然就不见了，工资的一部分消失了，而公务员则收到了代金券，那是非法流通的纸票，却能换取商品、面包和牛奶，或者在那些老板恰巧和政府官员亲属有关系的生意中进行支付，并且价格比应该的定价要低得多。在巴塔哥尼亚的医院中，药物渐渐地没有了，也没有资金来填补空缺，并且没有地方可以申请这件事，私有化的幻觉连同"在国外生产、拥有更具竞争力价格的药品将会进入国内"的假设并没有让医生和病患的苦恼减轻。在我们吃晚饭时，邻桌坐着的一对夫妇谈起了离开和移民的需求，但是却没有确定的方向。那男人用颓丧的声音宣布，一切都在腐坏，没有未来，那女人在一阵短暂的沉默后问他们要去的地方会更好些吗。于是，那男人把酒满上，看了一会儿那暗色的液体，而后回答说他不知道，但是都一样，因为他们的希望同样腐坏了。

和其他遥远的南方省份的小镇一样，在埃尔马伊顿，人们习惯坐在火车站看火车经过。那个习惯确定着时间和宇宙的存在：如果火车经过，说明它从某个地方离开去往另一个。我们喝着红酒望着星星，埃尔马伊顿正在黑暗中，而在草原的某个转弯处，"特洛奇达"号的绑架者们会抱怨着车厢的不便，卢汉圣母会从褪了色的版画上带着庄重的谦卑，用更加悲伤的双眼看着他们，因为悲伤是胜利者经过后所留下的唯一的东西。

第二天早上七点，我们打扰了几位清早晨练的足球运动员，找到了马尔塞罗，他正站在他的老旧却无可挑剔的寇蒂斯—法贡双翼飞机旁。那架飞机可是真正的飞行老手。过了些时候，马尔塞罗告诉我们这是他从一个想建立邮递业务的飞行员手里买来的，而那个人是从另一位飞行员手里买下的，后者有时会载一个旅客，有时会做些宣传广告，拖着某个药店或鞋店的布面广告从一些对之感到惊奇的村庄上空飞过。

"智利人，看看那家伙的肚子；它有炸弹的柄，所以它很可能是一九三一年武装起义期间轰炸智利军舰的那批飞机之一。"马尔塞罗一边说，一边抚摸着他的巨型飞鸟。

我的同伴在飞行时可一点儿也不兴奋，即使在法国航空那舒服的飞机上都不好受，更不用说在一架这么老的寇蒂斯—法贡中了。他开始嘟囔些听不懂的话，后来马尔塞罗的一个问题让我们明白他想待在空中。

"两位，再加上照相机，有多重？"

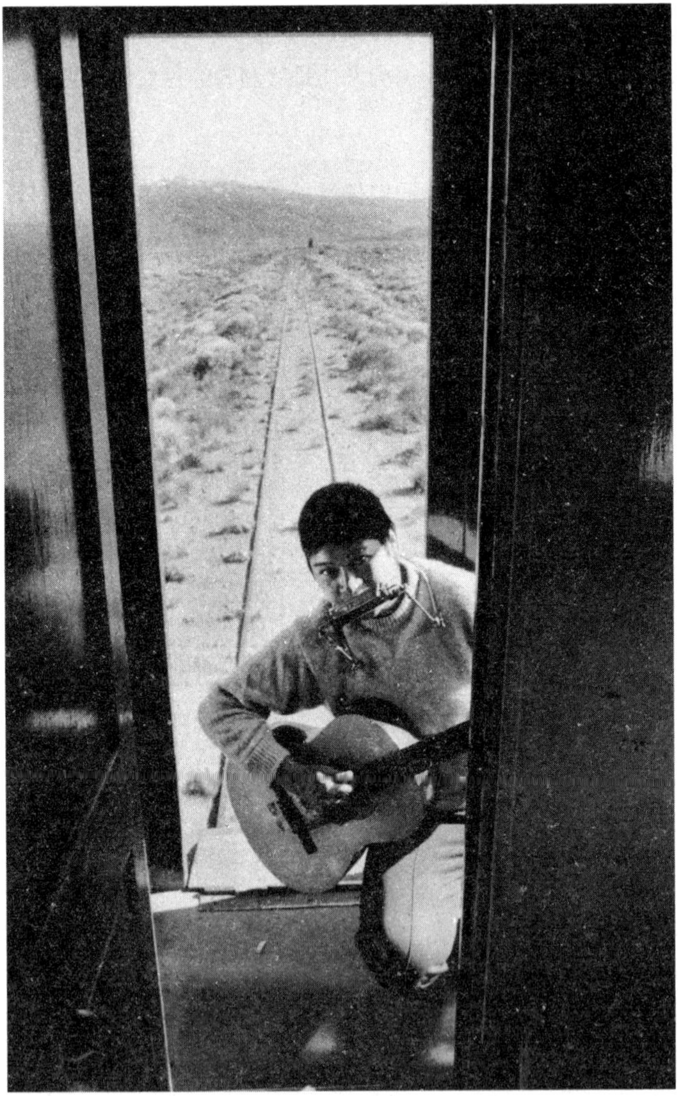

"嗯……大概一百五十公斤。"我回答道。

"稳住了。来吧，小伙子们，早晨美极了。"

我们向后靠稳，想要坐舒服点儿可不容易。马尔塞罗在机尾，寇蒂斯的驾驶台在那儿，而我们在两个机翼之间。我的同伴比我轻二十公斤左右，所以他坐在我的腿上，一手紧抓相机包，另一手紧攥刚刚够勒住我腰部的安全带。

"咱们去那儿，小伙子们！"马尔塞罗喊过后飞机开始向场地的尽头滑行过去。

我在很多国家坐过不同的飞机，这次飞行体验让我加入了那些强调"世界上最好的飞行员在巴塔哥尼亚"的人。马尔塞罗就是他们中的一个。在清透的、没有一丝云，也没有巴塔哥尼亚的永恒之风的蓝色天空下，他温柔地拉起了老寇蒂斯。

在十分钟的草原之上的飞行之后，我们跟着铁轨又飞了一会儿，直到看见了"特洛奇达"号。老"巴塔哥尼亚特快"慢慢地移动着，一股浓烟从发动机的烟囱跑出来，突然间，又被一阵风吹散了。从漫无边际的平原上，老火车用烟和水汽向我们挤弄着眉眼，邀请我们靠近，与那位钢铁肌肉、火焰心脏的朋友相遇。

当我们飞到火车上空时，从大约一百米的高度我们认出了那个古巴裔美国人和其他美国佬，他们把头探出窗户，用颇为激动的手势让我们离开。其中最坚决的就是站长，在那一刻，我的同伴忘记了自己的恐高症，嘟囔了一句"抓着我的腿"后站了起来，对上了焦。

在火车上空、在火车旁边、在火车前面，我们继续飞行着，几乎贴到了它的两个侧面，这时，"特洛奇达"号暂时的主人们已经停止了那些让我们离开、不要照相的示意，开始做下流手势了。马尔塞罗放声大笑。

"小伙子们，记得索里亚诺的那部小说吗？"他在被风带走的笑声中问。

我们当然记得《不再有悲苦和遗忘》，在那部惊人的小说中，塞尔维纽（一个非常像我们的人物，后来在电影中由伟大的尤利西斯·杜芒特扮演）想用粪便来轰炸那些想偷走他的梦的人。

我们乘坐的那架飞机也叫"托利多"，和索里亚诺书中的那架一样，它的帆布机身上涂着红色的画。我们只差一盆向那些美国佬泼下去的大粪了。

"飞吧，托利多，太棒了！"马尔塞罗一边喊，一边再次

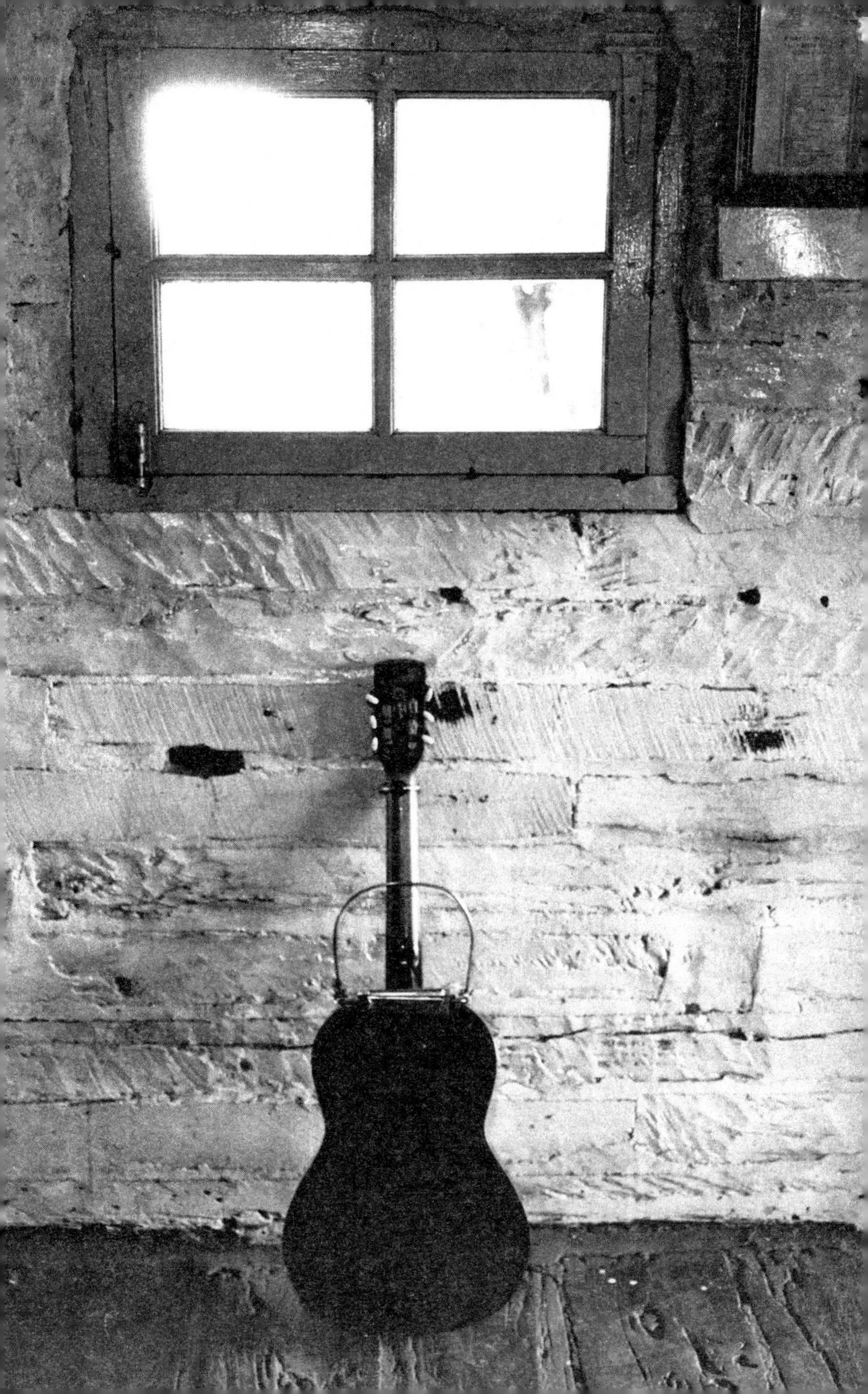

从"特洛奇达"号上、从那愤怒呼号的发动机上掠了过去，也许它也被我们复仇的喜悦感染了。

在足球场上的降落和起飞时一样轻柔。带着轻微的肌肉痉挛，我们从寇蒂斯—法贡上下来了，而后又帮马尔塞罗用厚厚的帆布罩住了机身。我们成功地拍到了"特洛奇达"号，拍到了老"巴塔哥尼亚特快"，拍到了那传奇的"Patagonia Express[①]"，这样我们已经很满意了，但车间里的铁路人还给了我们一个惊喜。

在我们过去的时候，老人中的一位走出来请马尔塞罗带我们参观一下车站，让我们解解闷儿。我们跟着他，看到了关闭的售票口、候车厅里肃静的木长椅，还看到了一个烧柴的炉子，从前用来为陪伴旅客必不可少的马黛茶烧水。在站台上，一个水泥砌的接水池吸引了我们的注意，那里还有一块我们在其他纬度也见过的牌子——都是在荒弃的车站里。牌上写着："请勿吐痰！"我们于是对马尔塞罗说，我们见过这句提醒，比如说，在那些穿过阿根廷北部的美丽火车上，在神秘的"云之列车"——它会从萨尔塔出发，慢

[①] "巴塔哥尼亚特快"的英文。

慢地攀上（安第斯）山，一直开到与玻利维亚交界处的拉加卡。

我们的交谈被毋庸置疑的一声火车的汽笛声打断了，在回到车间时，我们看到了那令人敬畏的玛菲350正移动着连接杆，转动着轱辘，它拖着两个乘客车厢，抛出了一股粗粗的浓烟。慢慢地，它靠近了主轨，老人中的一位扳动了令火车开上轨道的撬杆。

"就在那儿了，小伙子们，老'巴塔哥尼亚特快'，想转一圈吗？"其中一个铁路工人问我们。

我们看了看对方，也看了看正将出发奔向草原的欲望咆哮出来的火车，我们和那些人用力地握了握手，他们正显露出最美好的骄傲，那做好了工作的骄傲，作为必要的集体的一部分的骄傲，很简单的阶级的骄傲。

"美国佬在很北边的地方呢，所以咱们往南开。"司机说。

于是我的同伴有了他曾有过的最妙的主意。

"要不告诉村里的人有火车了？"

"太棒了，小伙子们！"车间主任叫道，于是托尼多接到了命令，跑去通知埃尔马伊顿的居民到艾斯凯尔的车两小时后发车。还是免费的。

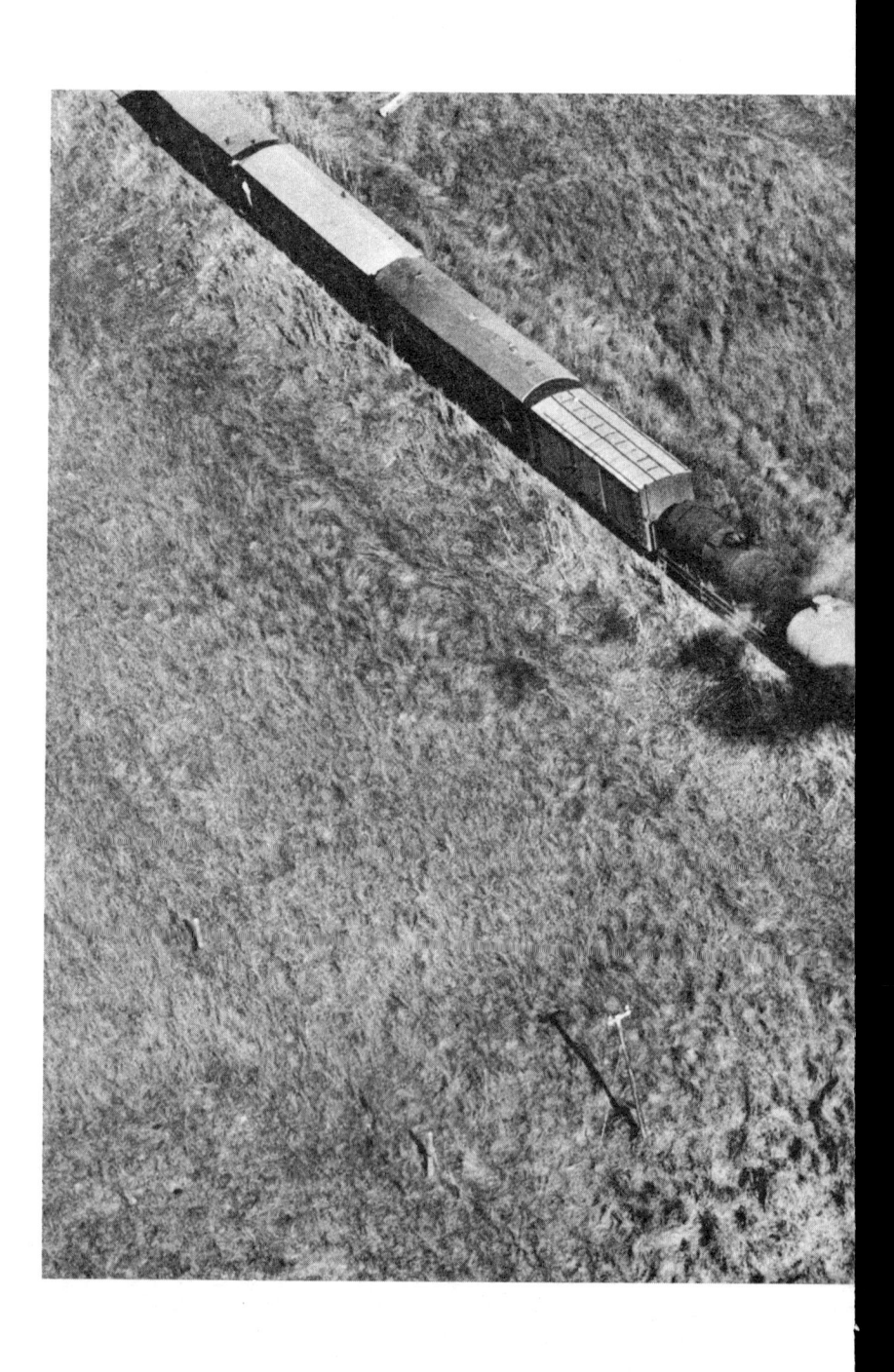

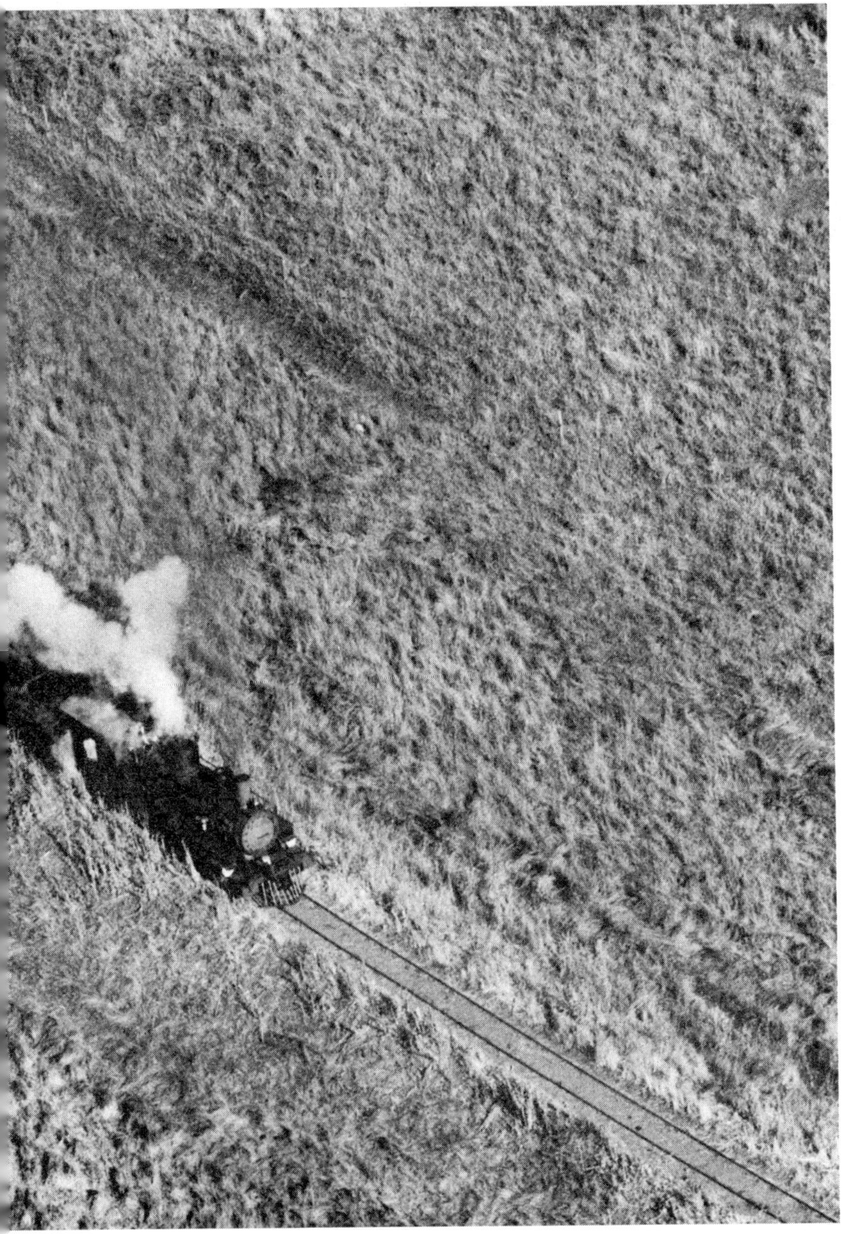

整两个小时后,在绝对的准点,发动机放出了股股水汽,把车站笼进了雾里,司炉开始往锅炉里添煤,在那两节车厢里,我们坐在了五十几个幸福地重新拥有了他们唯一的交通工具的人中间。

在一位准备去艾斯凯尔看医生的女士旁,托尼多开始吹口琴;马尔塞罗为我们介绍了一位美丽的姑娘,身上装饰着一条写着"特洛奇达小姐"的绶带,她是巴塔哥尼亚铁路大家庭中最新的一位选美皇后;一位镜片颇厚的老教师抬起眼,说要作一首诗,他的诗句说的都是一趟开往希望的旅行。过了一会儿,一把吉他成为了慢慢在草原上行驶的最好旅伴。

那趟旅程是一个节日。对于我的同伴和我来说,那趟旅程是我们人生中最美好的一趟,因为它源自那样一群人:他们无视自己可能受到的惩罚,决定让两个远道而来的客人也来见证自己对工作的热爱。

草原上的空气是洁净的,从车厢窗户探出去的脸庞都是带着微笑的,发动机喷出的烟柱是坚定的,宣告列车行进的汽笛声是清晰而无处不在的,凭借钢铁的全部力量推动轮子的连接杆的活力是和缓的,隆隆声邀请人们接受邻座的马黛茶，与此同时，大家之间的对话一件件地聊到生活中所有的事。

那是一段快乐的旅程，非常快乐，因为那是"巴塔哥尼亚特快"的最后一段旅程。

小精灵

埃尔博尔松是一个巴塔哥尼亚域界中很"托尔金"的地方，我们去那里有两个深思熟虑过的目的：我的同伴想尝尝那里著名的草莓；我则想洗个热水澡，冲掉这几个星期的旅程积攒下的尘垢。

埃尔博尔松提供的是乡村的清透空气，我很怀疑托尔金在写《指环王》之前没有来过这里。村子在一片非常肥沃的山谷里建起来，它的街道布局给它带来了一种开拓者地盘的气氛，但这些开拓者是穿二十世纪六十年代嬉皮服饰的那种，并且，自然而然地，他们肯定和仙女、精灵和小精灵有频繁的接触。

我们向武器广场走去，同伴的相机已经准备好拍摄我们遇上的第一个尖耳朵的家伙了，突然间，我感觉到一只非常小的手在拽我的裤子。我想那应该是个孩子，但在我回头时——我的同伴也这样做了——却看到了一个全身红衣的小矮人，他戴的帽子也是红色的，上面还缝着几个单词作装饰，写着"小精灵"。

一圈浓密的花白胡子几乎罩住了他的整个脸庞，疲惫的眼睛周围的皱纹在控诉着被血管和手上斑点确认的衰老。

这个身高到我们膝盖的小小的红人抛出了一串让人无法理解的词语，因为我们听不懂，他作出了姿势表明他想要一支香烟。在做动作时，他抖了抖尖耳朵和又长又细的鼻子。

我给了他一支。在把它塞到嘴里之前，他靠在了一个玻璃橱的台子上，用新的手势向我借火。我把打火机递到他面前，他吸了一口，一阵咳嗽向他袭来，令他伏在了地上。他责怪地看着我，扔掉了香烟，嘟囔了一些尽管听不懂，但语气像骂娘的话，虽然说的时候有一些喘不上气。然后他咳嗽着离开了。看起来，小精灵和深色晒烟不太合得来。

"那到底是个什么啊？"我的同伴嘟囔道。

几步之遥有一家酒吧，桌子摆到了街上，我们占了一张后要了两瓶啤酒。两人没有说话，都细细品着埃尔博尔松美味至极的啤酒。这时，一位态度亲切的侍者走过来问我们是否还需要什么，我们给她讲了讲我们刚才所看到的。

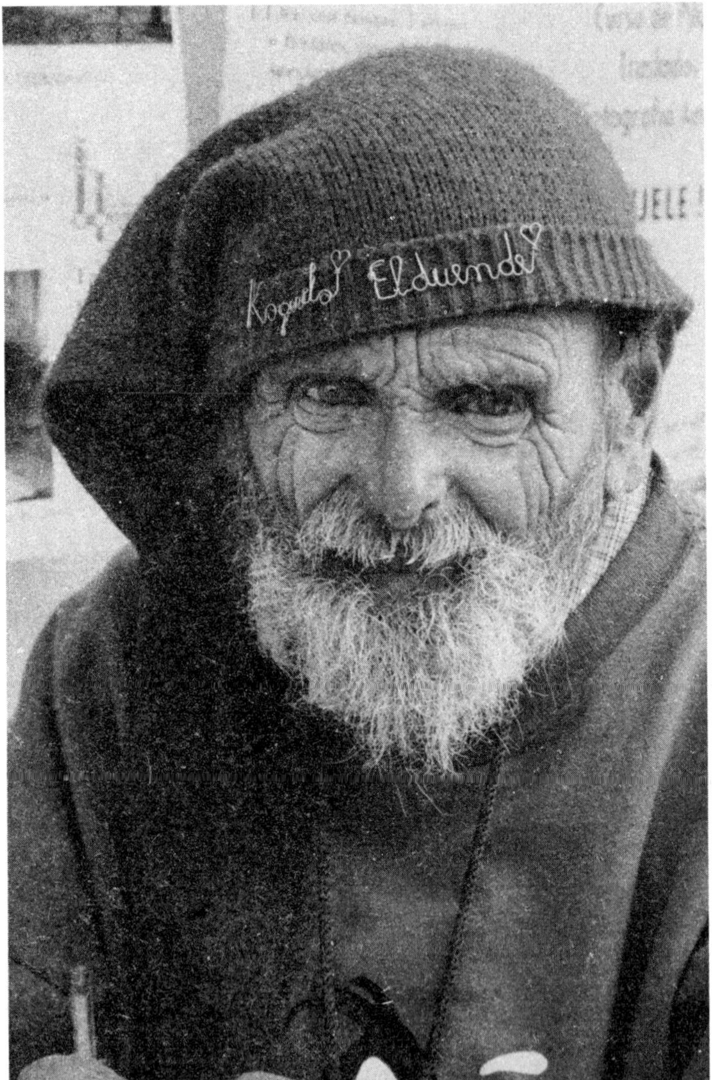
El duende

"嗯，那是寇奇多，小精灵。"她回答道。

"咱们说的是同一个穿红衣服的小矮人？"

侍者于是给我们上了一小课，教我们区分矮人和小精灵的技巧，尤其强调了矮人的神人同形的特点，这一点寇奇多完全不具备，因为他是个小精灵，这方面的任何争论都是在给猫找第五只爪子。

"但是小精灵应该是在森林里啊。"我争辩道。

"是啊。这儿的森林里都是小精灵，但是寇奇多喜欢喝上两杯，所以他才在我们中间生活。"

我们在埃尔博尔松留了三天，都没能被素食主义的好处说服。我们在一位女教师的家中过夜，蓄养精力，同时，我也在努力了解更多关于那个奇怪人物的事，我们不停地在酒吧、工艺品集市，以及我们会去那儿和家里人聊上几分钟的公用电话间看到他。他无处不在。他微型的身材很引人注意，虽然这听上去完全不合常理，而且人们都很乐意邀请他喝上一壶马黛茶或几口酒。

"他就像我们的法宝。"一个市场里的卖家告诉我们。

"他爱红酒和啤酒。我不知道是不是其他小精灵也常常喝得大醉，但是我们的寇奇多像块海绵似的。"

所有人谈起他时都表现出了好感，只是我们不论怎么坚持问他是谁，从哪儿来，这个小精灵有多大年纪，也只能得到含糊的答案。他是半个酒鬼小精灵，他在那里，这就是全部。

埃尔博尔松位于一个非常肥沃的山谷，有着惊人的美丽，从十九世纪末开始，就有欧洲人和他们的后代居住于此。弄清究竟是马普切人忽略了这个山谷，还是他们在战争（这战争总有一天会被研究）后被赶了出去，是历史学者的责任；能够确定的是，关于它何时成为一个村镇工程、一个移民和先行探路者的飞地并没有可信的资料，但差不多可以认定的是，在一九〇二年阿根廷与智利划定边界时，在那里居住的人们仍旧感觉离一切都很远，并且感觉已被自己的命运抛弃了。

南方的世界不幸地成为了很多无耻之徒和抱有幻想之人的目的地，他们到这里来是为了迅速发财。在这里值得提一下朱琉斯·泊帕，一个阿根廷籍的罗马尼亚人。因为火地岛勘探金矿而得到政府的资助后，他建起了一支迷你部队，由穿着阿尔及利亚制服的克罗地亚雇佣兵组成，在一八八六年，他以罗马尼亚卡门·席尔瓦女王的名义占领了火地岛。阿根

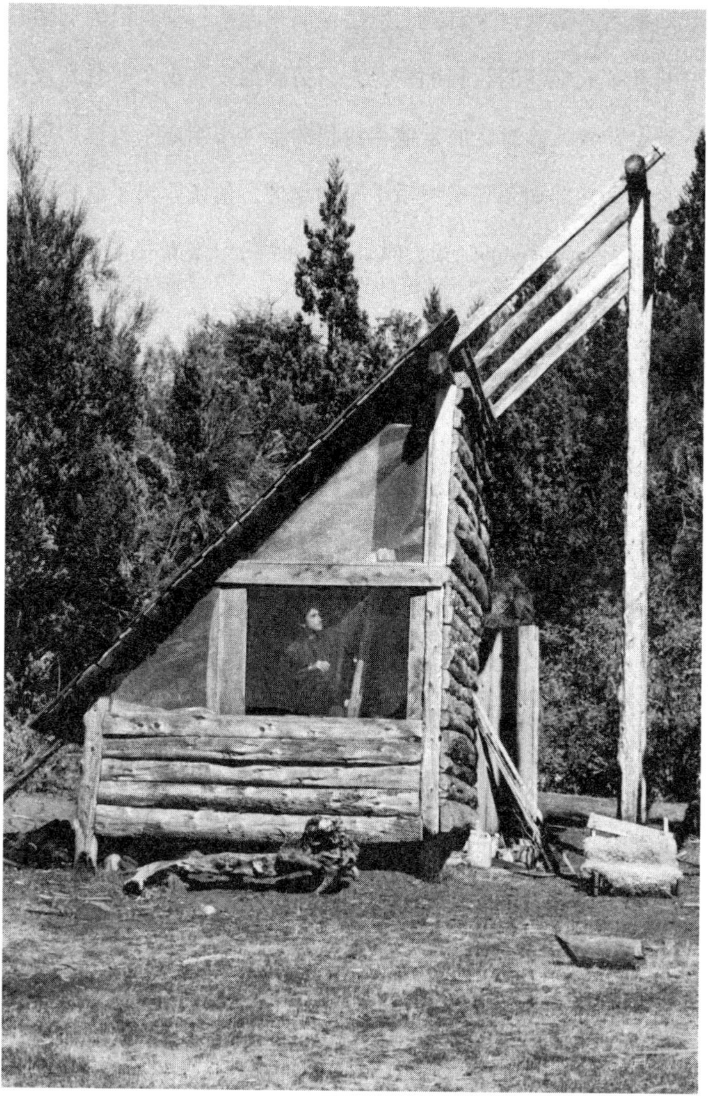

廷政府可不喜欢这个玩笑，但是他们也无法行动，因为泊帕驻扎在了火地岛的智利部分。人们猜测他发展出了一套高效的洗金装置，能肯定的是他将找到的金子压制成了有他形象的金币，它们如今很受钱币学家的欢迎，他还印出了从来没有被贴上任何信件的邮票，同时还是卑鄙的灭绝屠杀奥纳人[①]的杀手。

有一个充满幻想的人也来到了埃尔博尔松，但与前者走的是不同的道路：一九一二年，一个名叫奥托·提普的德国人曾试图在智利南部种植蛇麻草，但没有成功，他穿越国境，在这片山谷安定下来，第二年，他开始酿造啤酒，为最初的定居者带来幸福。据传，当那浮着泡沫的饮品一准备好，那位德国人便会升起一面白旗，邀请所有人来充满快乐地无限畅饮。在其中一次的纵酒狂欢中，他说服了那些居民相信与阿根廷分离、成为一个独立国家的必要性。于是，奥托·提普成为了"埃尔博尔松独立共和国"的首任总统，那个国家存在了三个月，便在布宜诺斯艾利斯政府派来的军队到达前，

[①] 奥纳人，曾生活在巴塔哥尼亚（包括火地岛）的原住民的一支。在二十世纪中期，最后一个纯奥纳人去世。

随着泡沫的自然属性瓦解了。

但是寇奇多,那个小精灵,就在那里。他不是我的同伴和我喝光的那么多啤酒所造成的幻觉。

我们把在埃尔博尔松的第二晚用来享用两块超大份的牛排,再搭配上当地的美妙蔬菜,就在我们请求侍者再把啤酒满上时,小精灵突然出现在了我们的桌旁。

他用他小小的眼睛看了看我们,又动了动尖耳朵和小精灵的细长鼻子。

"你饿吗?想和我们一起吃吗?"我的同伴问道。

他用他习惯说的难懂的话给出了回答,不过这一次,我们捕捉到三个词语:"比索""寇奇多""几口"。

"所以你叫寇奇多,你想要几个比索来喝上两口。和我们一起吃吧,寇奇多。"我的同伴发出了邀请。

小精灵接受了,他把拐杖靠在旁边,爬上了一把椅子。

我们本想邀请他尝尝和我们盘中一样的那种多汁的牛排,但是老板认识那小精灵,和他那个年龄胃口的局限,于是为他上了一大碗汤,而后那个小人儿便开始兴奋地吃了起来。

和一个小精灵要说些什么呢?我们给了他一瓶啤酒,在一勺勺喝汤的间隙,他嘟囔出了"红酒"这个词,于是我们要了一瓶马尔贝克,和他干了一杯。

红酒让他话多了起来,虽然很难听懂他所说的话,到该上甜点时,他已经为我们大致讲了以下内容:

在很多年以前,他已记不清有多少年了,他是一个和其他众多同类一样生活在小精灵谷的小精灵,那是一个魔力与秘密之乡,隐藏在低矮山间的雨林中,距离埃布印①不远。他在那里生活得很幸福,做着小精灵所做的事,也就是说,在树林中游逛,收集栎树果实、野草莓,还要严格遵守小精灵守则,其中明确地规定了不可以被人看到,更不能与人类有任何接触。但是——在我们打开第二瓶红酒时,他向我们肯定——有一天,他迎面撞到了一位名叫塔玛拉·迪亚茨的美丽姑娘,于是便别无选择地坠入了爱河。他违背了小精灵守则,和她说了话,那姑娘回应他说觉得他很可爱,虽然很小,但很可爱,于是两人约好在同一地点再相见。看样子另一个小精灵揭发了这件事,这次告密导致他们召开了一次小精灵大会,会上大家决定惩罚他。他们剥除了他小精灵的力量,

---

① 埃布印,阿根廷楚布特省西北部小镇,位于巴塔哥尼亚安第斯山区。

让他长到了五岁儿童的身高,他们陪他走到了树林的边界,在那里,通过几步魔法,让他忘记了回小精灵谷的路。

"也就是说,因为爱情,你被他们流放了。"我说。

"再来点儿红酒。"小精灵回答道。

他又喝了两三杯,突然间就不见了。真遗憾,他错过了美味至极的炼乳卷饼。在我们准备要结账时,老板带着一瓶野草力娇酒走了过来。

"想知道真相吗?"他一边问一边给杯子满上了酒。

据老板所说,是一个叫托里比奥·贝尔幕德斯的男人在镇子口发现了被遗弃的他,当时他赤身裸体,就快要冻死了。从那时到现在已经过去了二十多年。没有人能明白那小人儿讲的话,直到一个来自特雷维林[①]的卖针线的人认为自己从他的言谈中听出了几个盖尔语单词,于是便获准成为了翻译。人们唯一能知道的就是他是小精灵,并且一直追问美丽的塔玛拉的情况。

那老板是个不相信有小精灵的门多萨人,他记得在那个小人儿出现之前不久,曾有一个巡游马戏团从埃尔博尔松经

---

① 特雷维林,阿根廷楚布特省小镇。

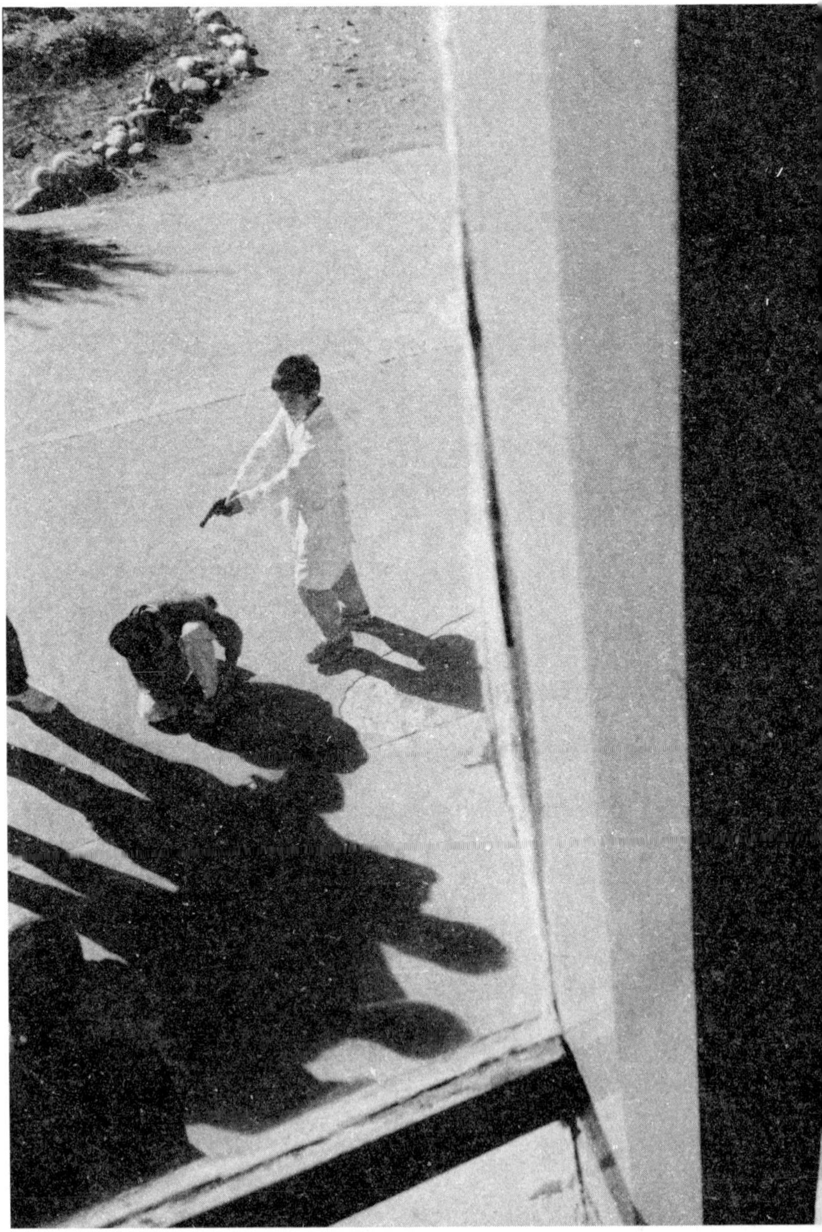

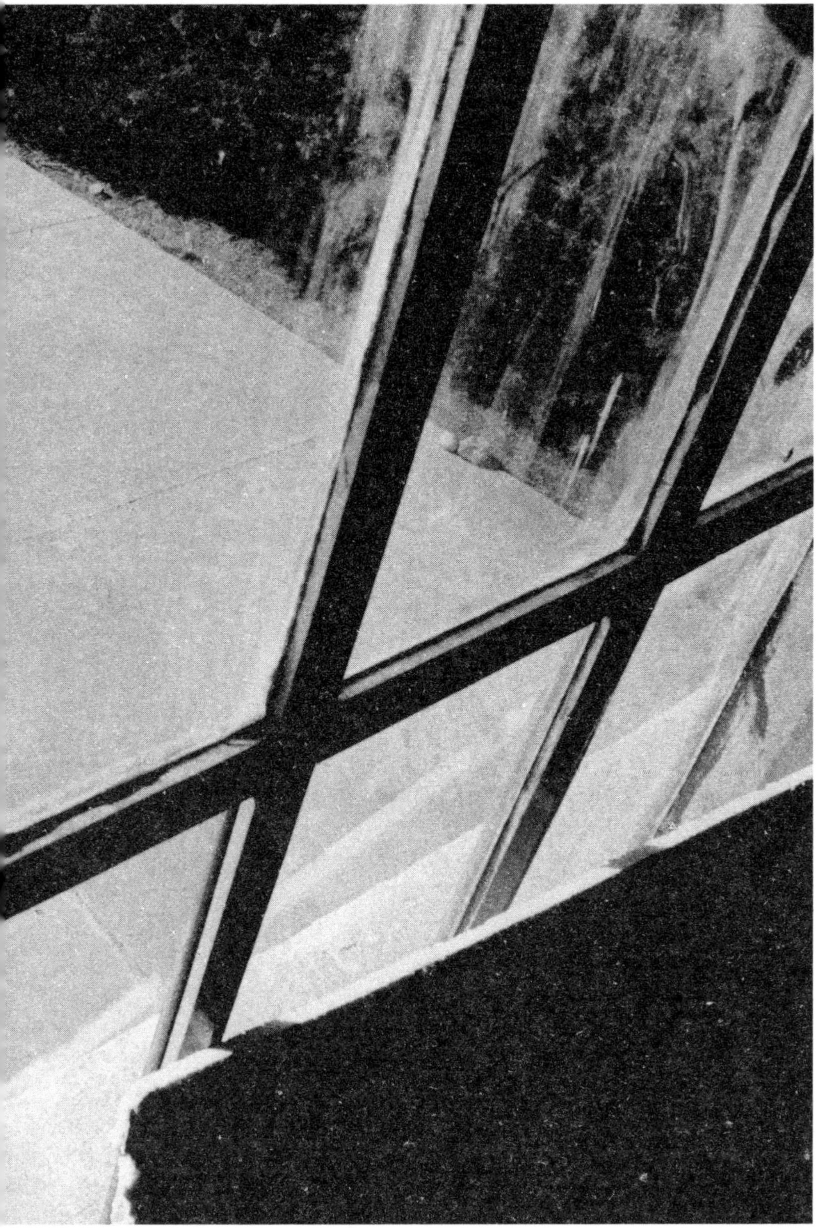

过,他们最吸引人的地方就是有几个化装成小精灵的爱尔兰侏儒。

"两位知道爱尔兰人怎么喝醉的吗?我觉得他就是那几个醉得颠三倒四的侏儒之一。可能在他们离开时他从卡车上掉了下来,或者是其他侏儒把他赶走的。"他特别加重了语气。

"有可能,但他有尖耳朵和小精灵的鼻子。"我的同伴举出了个例证。

"兄弟啊,在这儿我们每个人都有奇怪的耳朵,因为冬天里冻疮生得很严重。关于那鼻子,嗯,寇奇多常常结交在埃尔博尔松偶然落脚的人,拉斯塔法里教的、嬉皮士,还有各种各样的怪胎,因为寇奇多很可爱,他们会给他管大麻、一点儿可卡因、一些安非他命,因为所有这些他往身体里塞的东西,后来他就有了这样的鼻子。"

在一个明亮的早晨,我们准备离开埃尔博尔松,继续向世界之南行进。在走之前,两人决定再在镇子里喝杯咖啡,这时有一位礼貌的男士向我们走来,我们以为他是那种在手工艺品集市上贩卖自己诗句的诗人。

"他们骗了你们,小伙子们。"他说着,在我们的桌子边坐了下来。

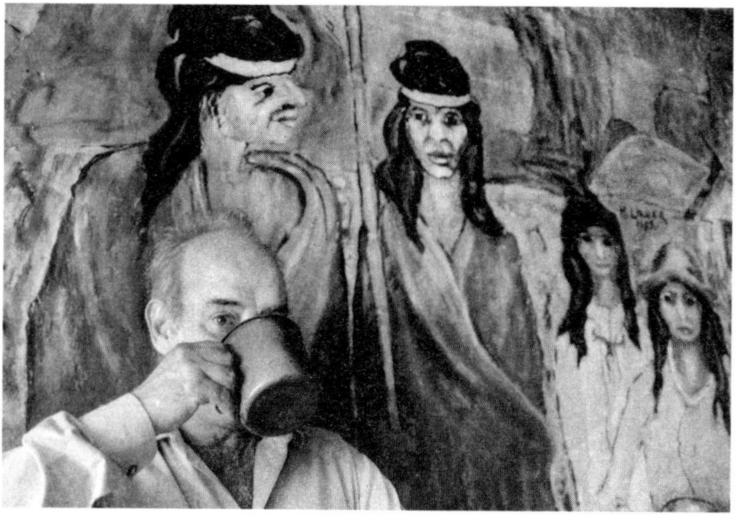

"有可能，但是在哪方面？"

"寇奇多。寇奇多怎么可能是爱尔兰人？他是阿根廷人，我要和你们说的都是真的，小伙子们。寇奇多在一九五四年来到埃尔博尔松，他来时是胡安·多明戈·贝隆及艾娃·贝隆基金会的个人代表。他来时拥有非常大的权力，可以在人们需要的地方帮助他们。大家请了乐队来迎接他，而后他住进了皮尔特里基德隆酒店，那是巴塔哥尼亚看起来最豪华的酒店。他那时叫奥马尔·韦亚尔瓦，虽然像你们看到的那样矮小，但是那人可是很有权威的，宪兵都会冲他行礼，而且因为他跑来跑去地处理麻烦事儿，大家也开始喜欢他。他会到艾尔曼索去送两套厨具，到布埃罗去发几袋糖，到玛印去给学校捐一块黑板。他从马普切人那里买了十几套斗篷发给最穷的人穿，说大衣是给博士穿的，但斗篷是给工人穿的。大家都很爱他，直到有一天，先兵队的头儿把他抓了起来，拿出证据说他是个骗子，还说真正的奥马尔·韦亚尔瓦——他也特别矮——正在巴里洛切处于倍受侮辱的保释期，贝隆团队甚至为此在一个瑞士女人的妓院花钱给他买了一个星期的乐子。他们逮捕了寇奇多，对他很不好，你们知道他和管事儿的说什么吗？他说：'您看看这事情，几天前您还为我擦

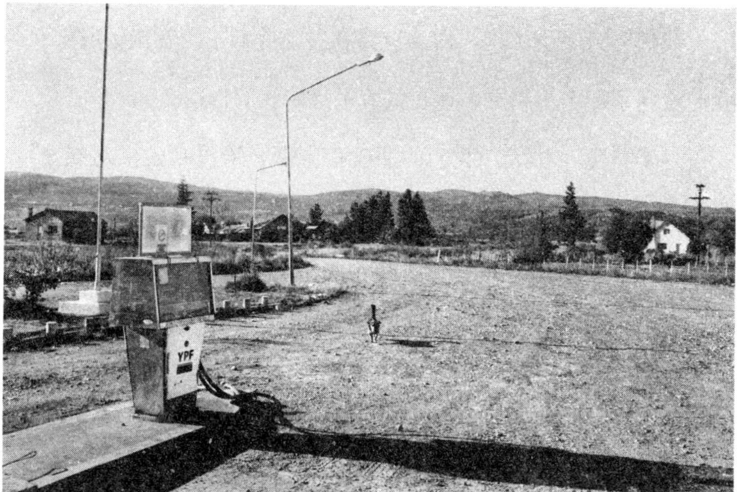
YPF

鞋呢，现在我就得给您舔鞋底儿了。'他们打寇奇多打得很狠，然后把他弄成了这个样子，妄想自己是小精灵。"

"所以他以前和现在都不叫奥马尔·韦亚尔瓦？"我对诗人说。

"这对谁还重要吗？寇奇多是个好人。"

我们与诗人道了别，因为道路在召唤我们了。在出镇时，我们看到了那个小精灵，他在做着手势向我们告别。

过了些年，一天，我们的朋友卢卡斯·恰贝在希洪对我们说，寇奇多失踪了。他之前住在克姆克姆特雷乌河旁的一个小房子里，他在那里用木头雕刻向游客兜售的小精灵。寇奇多有几天没有去埃尔博尔松，于是一些邻居跑去看他是不是出了什么事，而他们唯一找到的东西就是他的拐杖。

没有人曾知道过他的名字，他的年龄，他从哪里来，去了哪里，因为小精灵的命运就是这样。

巴塔哥尼亚的高乔人

那个上午我们很早就离开了秋里拉,在那之前我们先去肉店留下了酒店的钥匙——我们是那里仅有的住客,之后便装备齐全地上路了:两人带了马黛茶茶叶、热水,还有酒店老板送我们的棒极了的萨拉米肠。

我正渐渐从困扰我好几天的百日咳中恢过来,那几日我咳得几乎窒息,于是尝试了用草原上的杂货店能提供的唯一药物——蓝桉糖浆来缓解病情。很幸运地,在秋里拉我找到了很好的祛痰剂和一些抗生素,它们将我从咳嗽症状中救了出来。

"咱们去哪儿,堂蓝桉先生?"我的同伴握住方向盘问。

"向南,朋友,永远向南。"我回答道。

巴塔哥尼亚草原是一个令人们脱离人声进入安静的邀请,因为强力的风永远在讲述它从哪儿来,并带着气味,诉说着

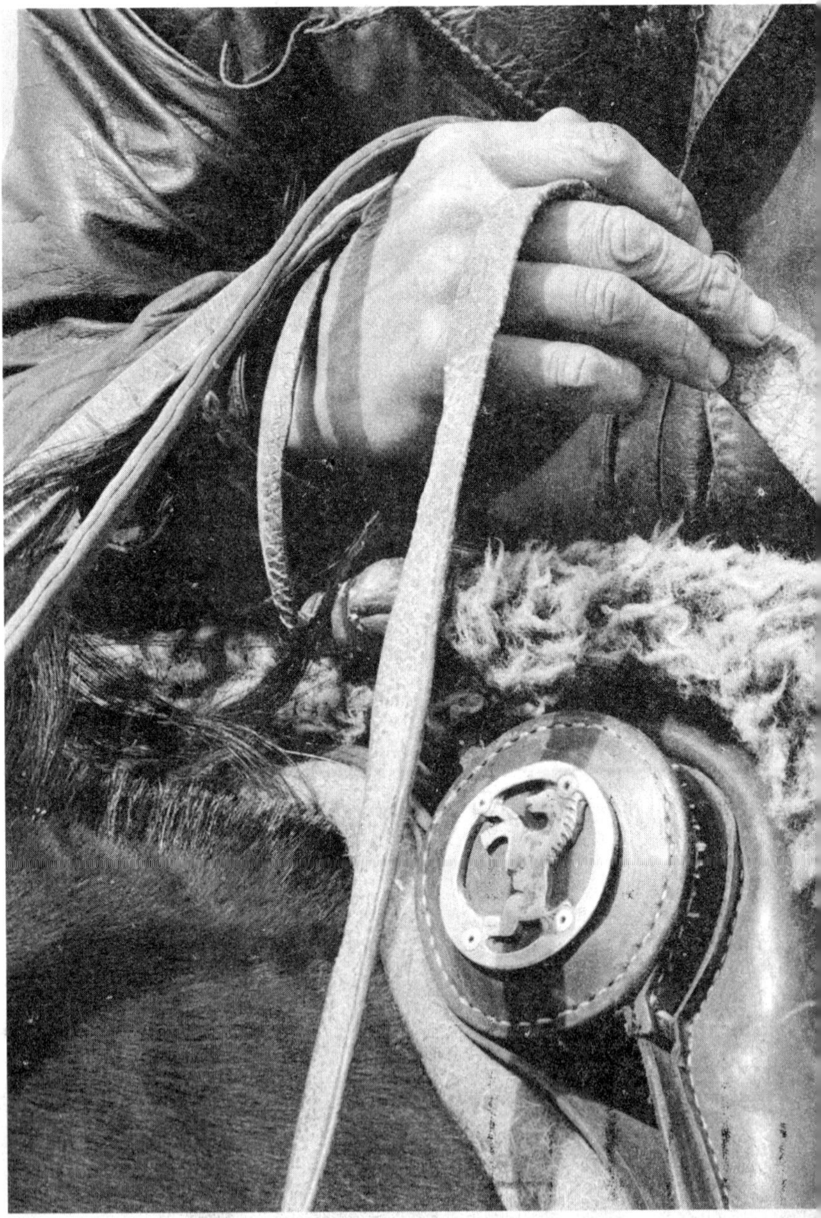

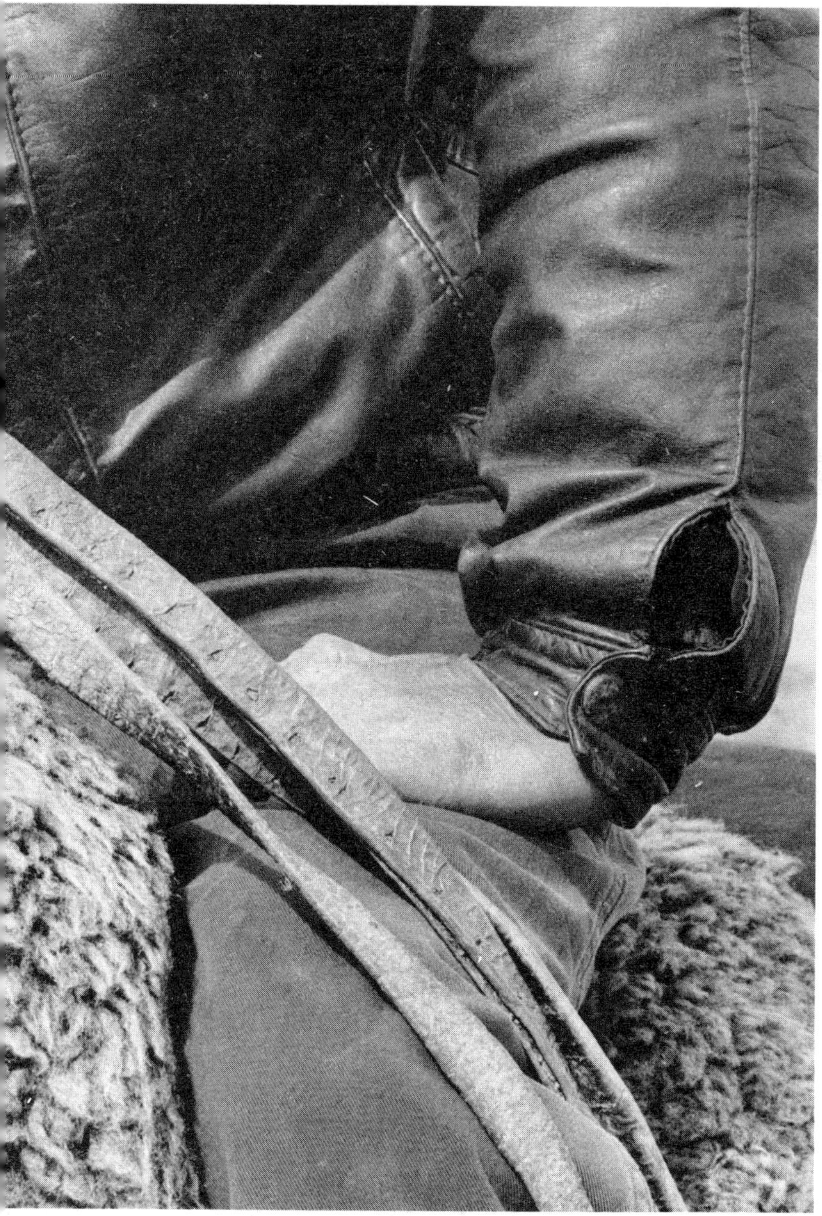

它已看过的一切。

就这样，在安静中，我们在荒废的公路上开了一百多公里，有几次和一些相反方向的车迎面相遇，我们都遵守了减速的规则，并将手掌贴在前挡风玻璃上，以防别的车经过时有石子打过来。

我们停车时已经接近正午了，两人下了车，坐在路边喝了些马黛茶。就在这时，我们看到那个正从草原上全速向我们冲来的骑手。

在距我们大约五十米时，飞奔变作了小跑，他美丽夺目的坐骑经过了我们。他一身黑衣，脖子上系着一条红手绢，像是要去一个庆祝聚会，当我们摆出姿势邀请他接过马黛茶壶时，他下了马。别在腰带上的银尖刀在他背上闪耀。

那是个年轻的高乔人，呷着马黛茶时一直看着靴子，在喝了三口之后，他说了句"谢谢"，示意已经足够，而后拿起了马笼头。

"两位要去堂帕斯瓜尔那儿吗？"他问。

"我们不太清楚。那儿都有什么啊？"

"给牲口烙印，嗯。天这么美，也没有云，还有什么别的事呢。两位去看看吧。"他在用马刺刺马之前对我们说，随后便疾驰而去了。

我们打开发动机，跟上了那高乔人留下的烟尘，它正在慢慢展开，与道路平行。两公里后，我们开到了一个敞开的栅栏门面前，另一个高乔人正做手势让我们进去。

"去堂帕斯瓜尔那儿是从这里走吗？"

"接着向那儿走就行，一直向那儿。"他一边回答，一边关上了栅栏门，而后也疾速远去了。

就这样，我们到了一片被桩柱和两棵怡人阴凉的大树围住的空场。我们看到了几个正赶牛进畜栏的高乔人；另一些正在树下忙着烤一排被木棍撑开的羊肉，还有两只如书籍般展开的小牛。烤肉香让味蕾愉悦得颤抖起来。

我们下了车，靠近了一群高乔人，他们都打扮得很考究，一身黑衣，颈上系着红手绢，在空场中央用缓慢的、和谐的、庄重的动作展示着他们可以用套索完成的壮举。

一个人开始用手腕轻轻地将皮条编成的绳子甩转起来，一个完美的圆圈升到了他的头顶之上，将他绕在中央，而后他用缓慢的动作将它逐渐从他的肩膀、腰部降下，直到将近要碰到地面为止。另一人用套索圈出一个垂直于地面的圆环，在别人的示意下，一次又一次地钻来钻去。

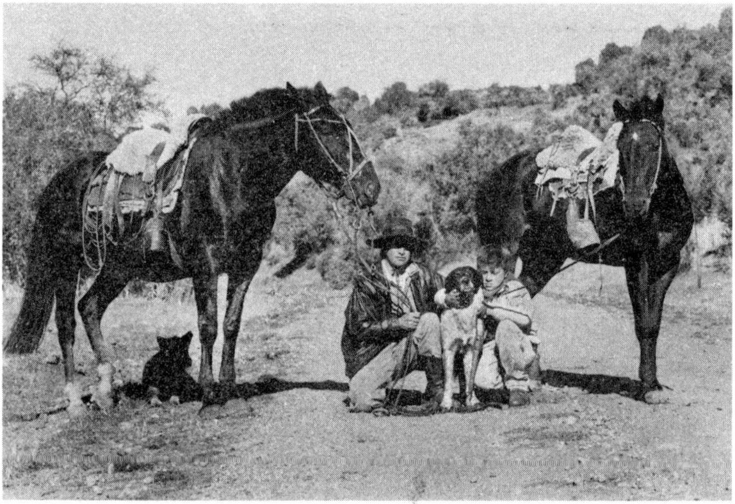

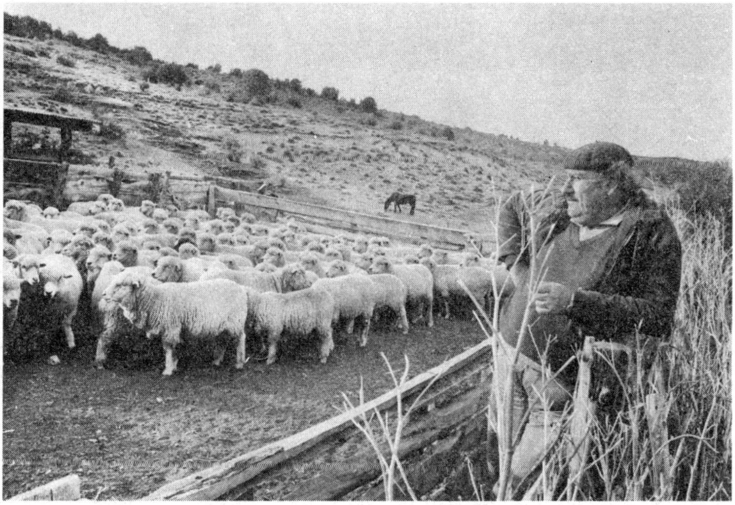

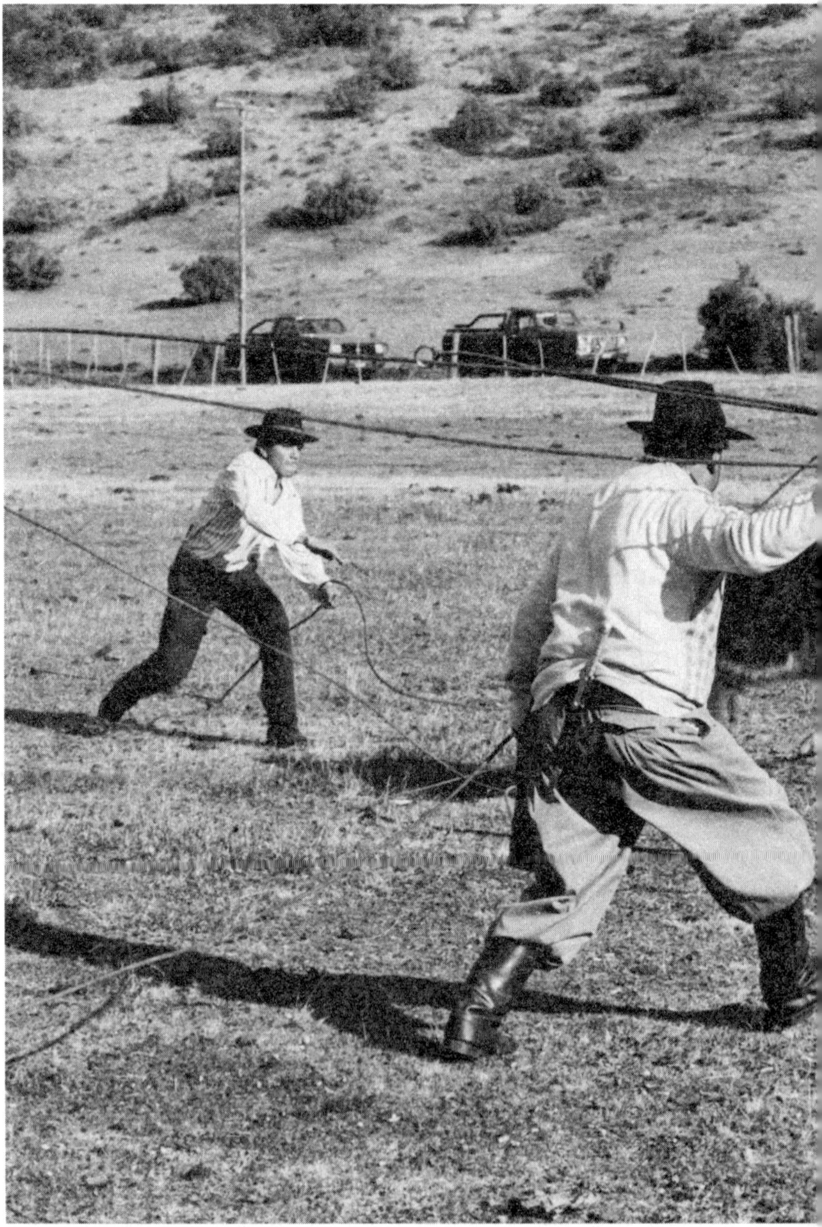

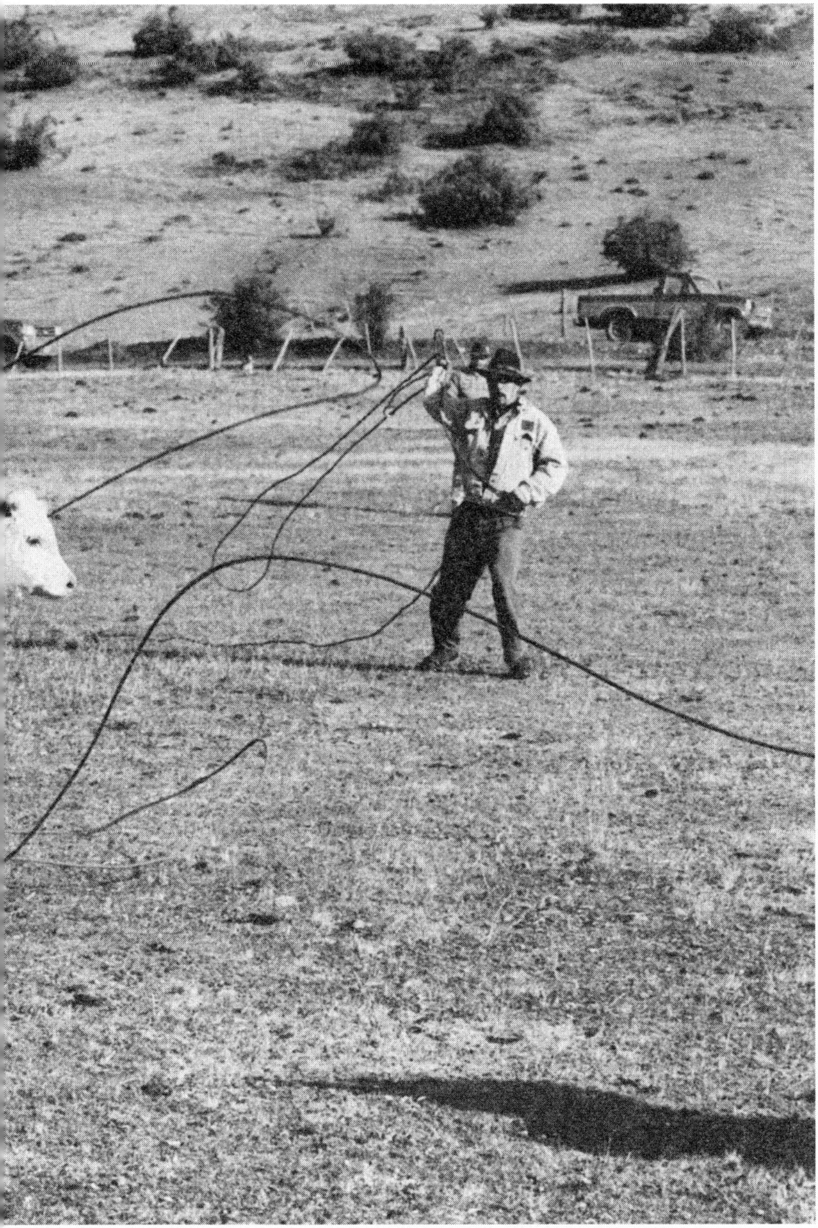

我们钦佩地望着那些高乔人,直到一个年长些的男人的到来打断了我们,他体格非常健硕,戴着一顶紧勒到眉毛的贝雷帽。

"两位认识畜栏里的那些牲畜吗?它们是小母牛,很快就要变成母牛了。对有些人来说他们很丑,但是要知道应该怎么看它们。它们里面可全都是牛排、牛里脊、瘦肉、牛奶、奶酪,外面罩着皮鞋、腰带、夹克,甚至钥匙包。"他一边说,一边向我们伸出了手。

"堂帕斯瓜尔?"

"就是我。你们从哪里来,小伙子们?"

我们向他回答了我们是谁:两个想讲述巴塔哥尼亚人是什么样的人的旅友。他很认真地听着,当我们请求拍照许可时,他点头表示同意,并请我们从那个吉耶尔莫开始。

接着,他吹了个口哨,从畜栏里,一位骑手动了动脑袋来回应他,想知道他想做什么。

"让矮小子过来。"堂帕斯瓜尔命令道。

一个骑马的人靠近了我们,他绑着宽大的护腿,穿着厚实的羊毛夹克,行动的方式让人很难分清他与马的身体界限。一切都是同步的,包括那些最微小的动作。他穿得不像那些仍旧耍着让人惊叹的套索技艺的高乔人那样优雅，但我从来都没有见过比那更像半人马的东西。

过了些时候，我们得知有很多不同地方的高乔人会赶来参加给牲口烙烙印的活动，那是一种庆祝性的工作，是人们带着喜悦完成的，一些赶脚的人也会来，还有一些像吉耶尔莫的人，他们会一个人赶着牲畜群从低矮山间的越冬牧场赶来。

"听您吩咐，堂。"那人打了个招呼。

"因为你是所有人里最漂亮的，他们要给你照张相。

"在上头还是下头？"他问。

我的同伴走近了他，向他伸出手，对他说要为他拍张骑马的照片，请他不要紧张，因为第一张只是测试照。他用宝丽莱对准了他，在快门的咔嚓声后，没有任何影像的白色舌头伸了出来。堂帕斯瓜尔和几个高乔人围过来，在欢呼声中庆祝光与影的痕迹出现，直到整个影像清晰地展现出来。

"是你，矮小子，是你！"其中一个喊起来。

我的同伴把照片递给了他，他微笑起来，又看了看它，摸了摸胡子，也许是为了验证一下那真是他所看到的那个，之后是帽子、骄傲骑士的裤腿，最后，他抚摸了一下马的头。

"我就是这样的？"他问着，把照片还了回来。

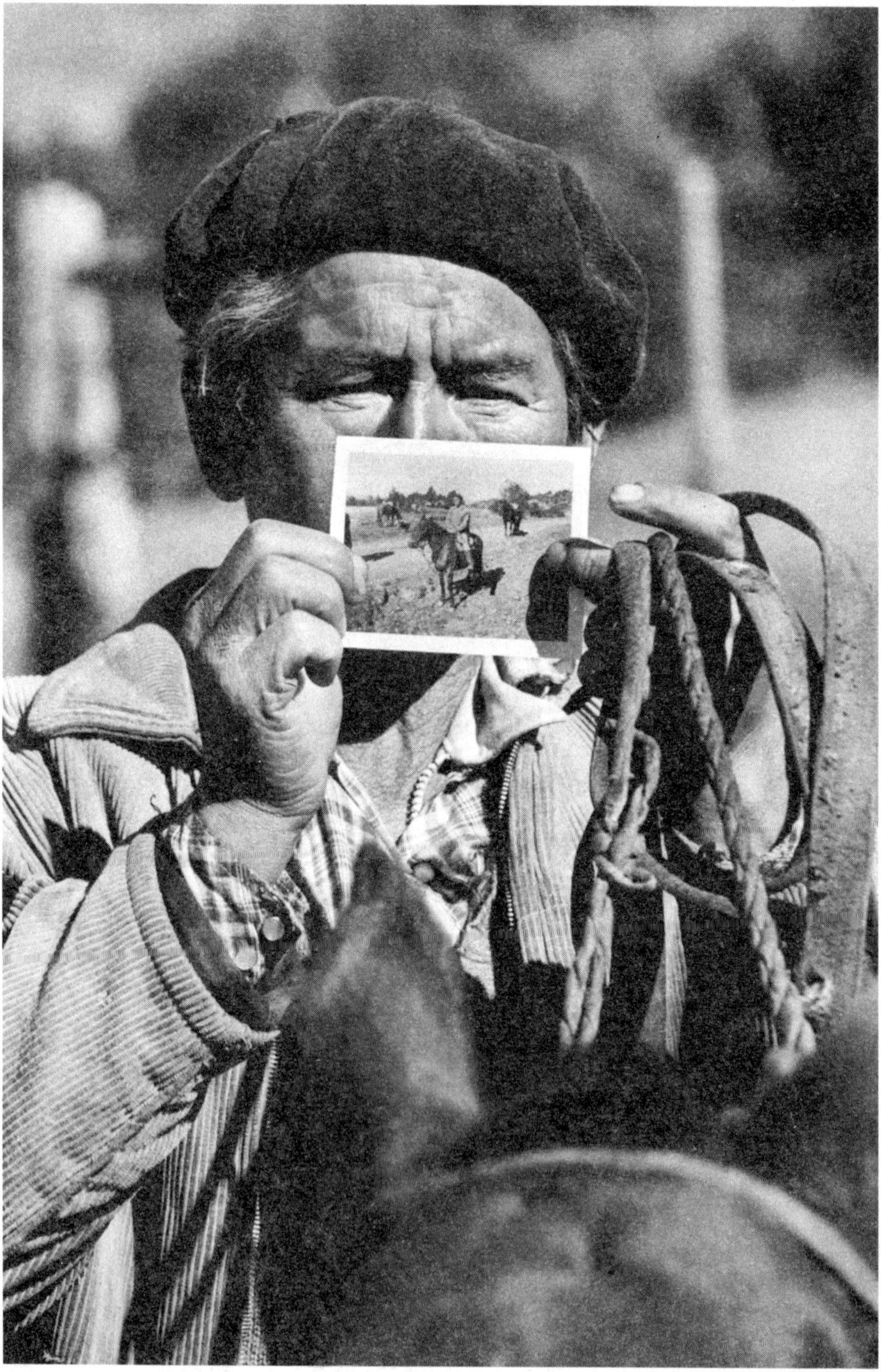

"这是给您的，堂吉耶尔莫，留着它吧。"我的同伴回答道。

他下了马——于是我们便明白了为什么他们叫他矮小子——而后开始在欢呼中展示照片。那是他第一次在一张相片中看到自己的形象，并且，就如他自己不停重复的那样，他的马卡内洛也没有被照过相。

我的同伴拿着他的相机走开了，而我留下来看套索是怎样飞起又落到小牛的脖子上的。高乔套索手把它牵到空场中间，在那儿，三人合力把它侧躺着按在地上，同时另一人走来，拿着烧红的烙铁在动物皮上留下烙印，那动作的轻柔源自多年来在动物毛皮上烙印而不伤到肉的经验。

一百多头牲畜在通过检查后被烙上了烙印，直到指示我们应该到树阴下去的铃声响起。

高乔人的妻子、女儿、女友和姐妹们已经摆好了巨大的餐桌，上面放满了悦人的沙拉和盛着上百个馅饼的盘子，女性长辈充满活力的手切着、传递着慷慨圆盘上摆满的刚出炉的面包。我们也接过了面包，并和其他高乔人一起等待着堂帕斯瓜尔，他正用他的银柄尖刀切着香嫩多汁、让人不可抗拒的肉片，而后又将它们铺在了面包上。

在一群最质朴的高乔人中、在那些直面工作的人之间吃

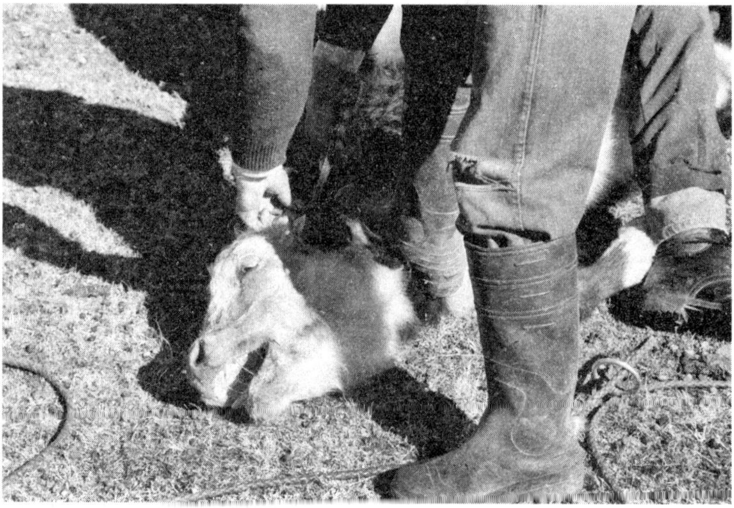

一顿烤肉令我们从此不同,这不是《圣经》里的诅咒,而是一种最有尊严的站在大地上的方式。

我们狼吞虎咽地吃着,从牛肉一直吃到羊肉,金黄而没有一丝脂肪,我们用苏打水兑红酒好减淡红酒的劲儿,我们看到被支架撑起的动物慢慢消失,直到变成被烤过的骨架,变成小狗的幸福。

当女人们宣布咖啡和蛋糕来了时,手风琴和几把吉他也出现了。我们接过马黛茶,好往下送一送肉。我们觉得到该继续上路的时候了。在巴塔哥尼亚,人们欣赏心怀尊敬而来的人,同样也欣赏准时离去的人——这仿佛是那种尊敬的体现。吉他时间也是吐露心声的时刻,是在一杯杯的杜松子酒间疗去心伤的时刻。

在热情的握手道别之后,在收到一句句流露着真诚的"一切顺利,小伙子们"之后,我们离开了,在车上,我们发现他们为我们的旅程准备的贴心礼物:面包、蛋糕块、一些水果,甚至还有一瓶红酒。

开到连接大路的栅栏门时,我们下了车,用尽胸腔的气力大吼道:"一切顺利,兄弟们!"而后继续向南方行去。永远向南。

世界尽头的电影院

冰冷的风扫过蓬塔阿雷纳斯[①]的街道，摇动着麦哲伦海峡钢铁色的海水。正是三月中旬，抛弃了火地岛的大鸨群表明了南方短暂的夏日已经结束。很快天就会变短，巴塔哥尼亚将化作寒冷、冰雪以及漫长黑夜的国度，于是海峡两岸的居民便会开始问："我们现在到底该做什么呢？"

九十多年前，两位来到火地岛的探险者也曾问过这个问题：安东尼奥·拉东尼克，一个克罗地亚人，他的人生梦想不过是找个安静的地方平静地生活；还有何塞·波尔，一个德国人，在南半球安顿下来之前几乎跑遍了从君士坦丁堡到圣地亚哥的半个世界。他们一同来到了在无用

[①] 蓬塔阿雷纳斯，位于智利南部、麦哲伦海峡西岸的重要港口城市。

湾①前零散建起的四五栋房子面前,参加了这个永远被风折磨的地方的命名仪式,那名字包含许诺:波尔韦尼尔②。

我想在他们的第一个冬日夜晚,当大风怀着恶意威胁要带走保护墙壁的黄铜片和苦涩的马黛茶为他们裹上的大衣时,几口烈酒是保住热量的唯一办法,他们一定往炉子里加了些柴,而后问自己:"我们现在到底该做什么呢?"

答案是:"开一家电影院。"世界尽头的第一家电影院。安东尼奥·拉东尼克那时二十一岁,而何塞·波尔,十九岁。

"飞行中会颠簸。"在蓬塔阿雷纳斯机场等待我们的白天鹅色派珀飞机的飞行员提醒我们。

波尔韦尼尔几乎在蓬塔阿雷纳斯的正前方,但是在麦哲伦海峡上空伴着时速一百五十公里的大风飞行是不可能走直线的。需要向着大西洋绕一个大圈,在过到对岸之后,寻找那些可以允许在紧急情况迫降的数条窄道中的一条。

我不止一次地重复过,巴塔哥尼亚的飞行员是世界上最好的。虽然他们本人并没有提,从某种方面来说,他们自我

---

① 无用湾,由英国船长菲利普·帕克·金(1791—1856)命名,因其"既没有停泊口又没有避难处,对于航海者来说毫无用处"。
② 西班牙语,意为"未来"。

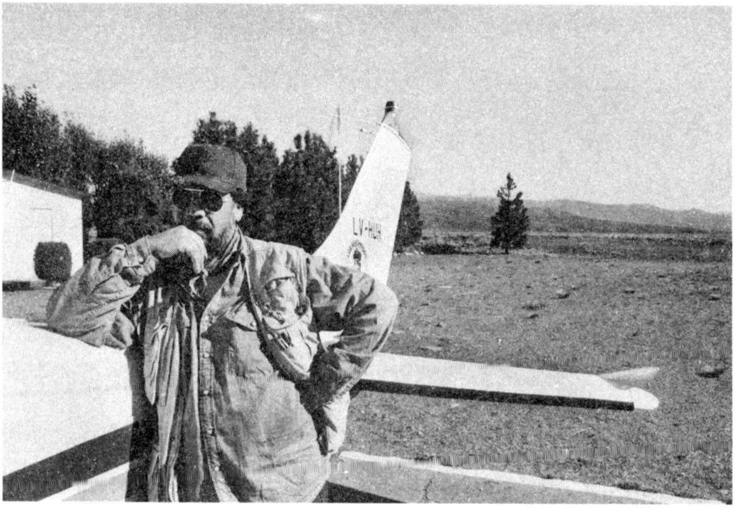

感觉是贡塔·普鲁斯寿的继承者，他是一个于一九二九年作为一艘轻便船船长到达蓬塔阿雷纳斯的柏林人，那艘船名为"火地岛"，同船的还有另外四人和一只名叫施纳乌夫的狗，在到达时他们已经完成了两年之前从布松开始的横穿北海的航行。在五位船员和一只狗之外，"火地岛"号上还载着"银鹰"——一架亨克尔双座水上飞机，它是第一架在这片南方天空上飞翔的飞行器。

贡塔·普鲁斯寿爱上了南方的天空，他规划出了第一批航空线路，成为一本今天的飞行员仍会参考和尊重的推荐手册。一九三一年的一天，他出门去莫雷诺冰山附近飞行，从此再没有回来。

"好，咱们去那边。"飞行员说完，小飞机便开始在跑道上奔跑起来。几分钟后我们已经在一片冷漠企鹅的聚居地上空了，它们看着我们，对飞机毫无兴趣，态度轻蔑。

在他仍是少年的时候，何塞·波尔游览了布宜诺斯艾利斯，并被最伟大的发明之一电影所吸引、征服、折服。他看了所有能看的电影，其中的很多都是由那批电影艺术的奠基人拍摄的，他从中吸收学会了画面技巧，借用家里攒下的钱，从法国定制了一台摄影机，一台百代，如果说得更具体些，编号为一二二〇。

他带着那台相机到了蓬塔阿雷纳斯，教给了拉东尼克所有他知道的东西，于是在一九一六年，两个朋友拍摄了一部名叫《雅玛纳①婚礼》的八分钟的影片，展现了两个雅玛纳印第安人的结婚庆典——现在这一民族已经消失。智利的纪录片史就是从这部雅玛纳人唯一见证的影片开始的。

波尔、拉东尼克和雅玛纳主角们等待了一年，终于，在一九一七年的一天，一艘扬着法国国旗的船在蓬塔阿雷纳斯靠岸，前来交付一箱珍贵的货物：一盘冲洗出来的胶片以及一台放映机。《雅玛纳婚礼》在蓬塔阿雷纳斯一间挤满人的小酒馆中被放映出来，它面前的移民、高乔人和原住民当时都被惊呆了。

在他们第一次的导演成果在巴黎的一间试验室中被冲印出来的同时，何塞·波尔拍摄了他的第二部影片，这一次是虚构片。波尔韦尼尔的几栋房子已经足够做他的外景了，表演部分则由拉东尼克和几个不太清楚自己在做什么的邻居

---

① 雅玛纳，居住于智利南部的原住民，一般认为他们的传统居住区从火地岛南部一直到合恩角。

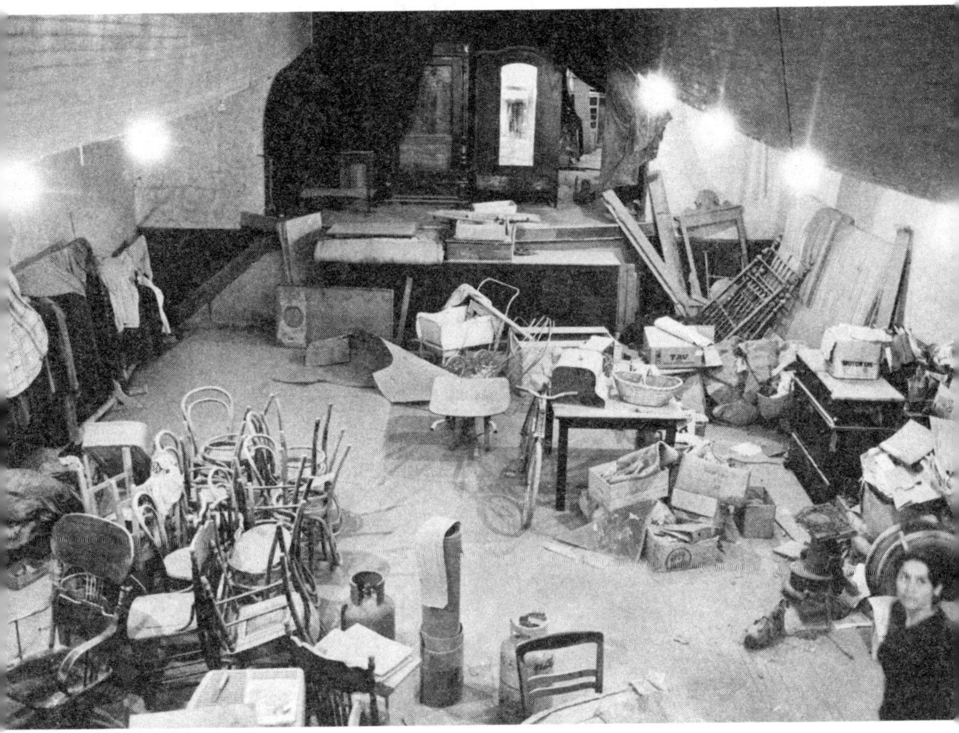

完成。

就这样,在智利拍摄的第一部虚构电影诞生了。《一张彩票》很有趣,它讲述了一个人在从报纸上验证了自己获得彩票的事实之后,前去兑换,但现实的残忍之风将彩票从他手中卷走的一波三折的故事。

在火地岛的降落很平顺,在向航空管理部门报备了我们的到来、办完了相关手续之后,我们坐上了波尔韦尼尔唯一一辆出租车,向巴塔哥尼亚与火地岛的第一间电影播放厅进发。

一部分波尔韦尼尔的街道是平行展开、由东向西的,另一些则在无用湾的海水前终结。大部分建筑都能追溯到这个地方建立的初始之时。它们是由过去覆盖大半个火地岛的富饶丛林中的木头建起来的,然而那些林子已经被夷平,名义上农场主所代表的一种进步,只是那些牧主的母牛和绵羊已在极地的严酷温度下死去了。为了在那永恒的可以钻进针孔的风中保护这些房子,居民们用黄铜片把它们包裹了起来。在其中的一栋房屋内,莫里森太太接待了我们,虽然说着一口南方人语速缓慢的西班牙语,但她仍认为自己是苏格兰人,和她在十九世纪末来到这里的父母一样;同时接待我们的还

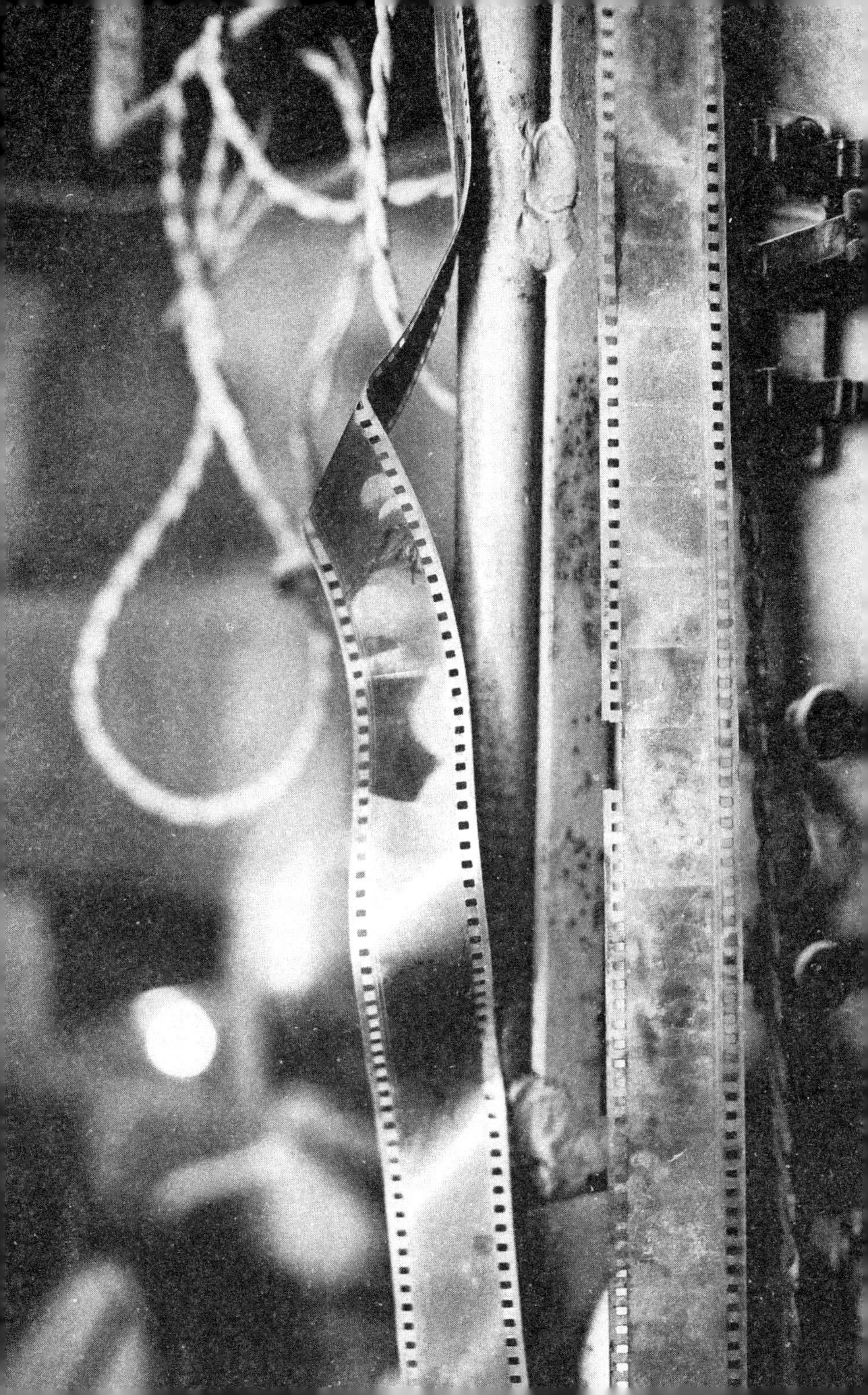

有堂托马斯·拉东尼克——何塞·波尔的朋友、冒险伙伴安东尼奥的儿子。

"您得写我的父亲名叫安东尼奥·拉东尼克·思卡尔巴,我讨厌人们忽视我奶奶的姓。"他向我们强调。

在介绍完自己之后,他们为我们在火炉旁摆放了座位,那时产生了一种尴尬的、没有人敢打破的沉默。那位夫人不信任地瞄了我们几眼,而堂托马斯在摇椅的摇摆间观察着我们。

炉火让人暖和,但那对夫妇却怀着些能将气氛冷却下来的东西,要知道我们是从人们所表达的热情中过来的——我们也已经习惯了这种热情。在穿越麦哲伦海峡的之前两天,我们去了米盖尔·李丁拍《火地岛》的地方。我是那部电影的编剧,在一次拍摄间隙,我和朋友(就是在那个故事中扮演冒险者朱利尤斯·博贝尔的古巴演员豪尔赫·毕鲁格利亚)一起去平原上骑马。两匹骏马也像我们一样在享受无限空间的自由,突然,骑马的幸福被分割草原与公路的铁丝网另一侧的一个男人用激动的手势打断了。开始我们觉得他在向我们打招呼,但是那人脱掉了夹克,挥舞着它,一定要我们走过去,同时,他用一只手做出信号,让我们要慢慢地、一步步地走。

到他面前时，他也没有说话，只是邀请我们跟着他，一直缓慢地走到一扇栅栏门前，他打开了它，让我们走到路上，在那里，他热情地拥抱了我们。

"亲爱的朋友，两位真是幸运，简直太幸运了！你们刚才在玩儿命啊，小伙子们，可不能这样。"在拥抱间他对我们说。

每次和豪尔赫·毕鲁格利亚说起我们在一片地雷地里骑马的事时，被炸得四分五裂的想法都仍让我们颤栗。

一九八二年，加尔铁里的阿根廷军事独裁政府发动了马岛战争，战果惨痛，同时也标志着在阿根廷历史上统治多年的强权军事寄生集团的绝对势衰。智利的陆军与海军在独裁者皮诺切特的命令下秘密地支持了英军，允许后者使用他们在南方地区的军事基地，以便为其军队和情报人员提供补给，这一举动激化了两国在接壤地区的老矛盾。对加尔铁里来说，他更希望继续征战，在马尔维纳斯群岛的惨败后赢取一场小一点儿的战争，而对皮诺切特来讲，一场战争的可能性能让他在权力高位待得更久一些。于是，在备战时，皮诺切特命人在几千平方公里的南方土地上播散下了伤人的地雷。并且，自然而然地，在之后忘记了清除它们。他们只是安置了些上面画着黑色骷髅头的黄色黄铜方块以示警告，巴塔哥尼亚的风在它们被装好几个月后就把它们刮得褪了色。

在知道我们在那片地雷地里和豪尔赫·毕鲁格利亚骑过马后，没有一个蓬塔阿雷纳斯的男人或女人不向我们表达关切之情，也无人不为我们活着走出那片可怕的平原而高兴。

智利和阿根廷军队在经过之后所留下的只有恐惧和不信任。也许对那些人来说，他们仍没有摆脱掉所谓的军事阴影。

"嗯，两位来我们这儿做什么？"终于，莫里森太太说话了，堂托马斯清了清嗓子，对他妻子的问题表示支持。

"向您问好，并且请求您让我们看看那个电影放映厅。"我回答道，就在那时，拉东尼克家最年轻的一位加入了进来，他是智利有名的足球运动员，进来时旁边还有他美丽的女友相伴。

"很抱歉我们的不信任，只是每一次有人从圣地亚哥来波尔韦尼尔，都是为了带走点儿什么。我们曾经有很多何塞·波尔和我爷爷安东尼奥一起拍的影片和素材，但都被拿走了。他们向我们承诺会修补那些素材，再把拷贝寄过来，但是他们从来都没有做到过。他们甚至还说要修好影院，宣布它为文化遗产。那些誓言都被风吹跑了。"年轻的拉东尼克向我们解释道。

那位运动员的话打破了冰冷僵局，莫里森太太邀请我们去"吃昂塞"，也就是智利人的下午茶。她按照苏格兰风格在桌上摆上了茶杯、碟子，还有一个浸在巧克力中的诱人蛋糕，就在我们享受她的热情招待时，我想到，无论我们在南部的什么地方，总能听到同样的故事。

巴塔哥尼亚和火地岛一向被认为是可以肆无忌惮地掠夺之地。在畜牧业和进步的名义下，民族、种族、森林绝迹了，而当一个活着的印第安人都不再存在时，人们又开始寻觅他们的尸骨、木乃伊，为的是把他们送往世界各地的博物馆。很可能何塞·波尔和安东尼奥·拉东尼克拍摄的影片现在已经成为了私人片库中的遗产，而它们的主人从不过问两人是在什么样的条件下怎样拍摄影片的。

在享用完美味的苏格兰蛋糕后，堂托马斯端来了几杯烈酒，我们在已经习惯的沉默中喝了下去，没有了不信任，因为在巴塔哥尼亚和火地岛，好的沉默是交流的一部分。好的沉默有它独特的说服力和一种确凿无疑的信息。我们知道那沉默是参观电影放映厅的邀请，的确如此，因为莫里森太太

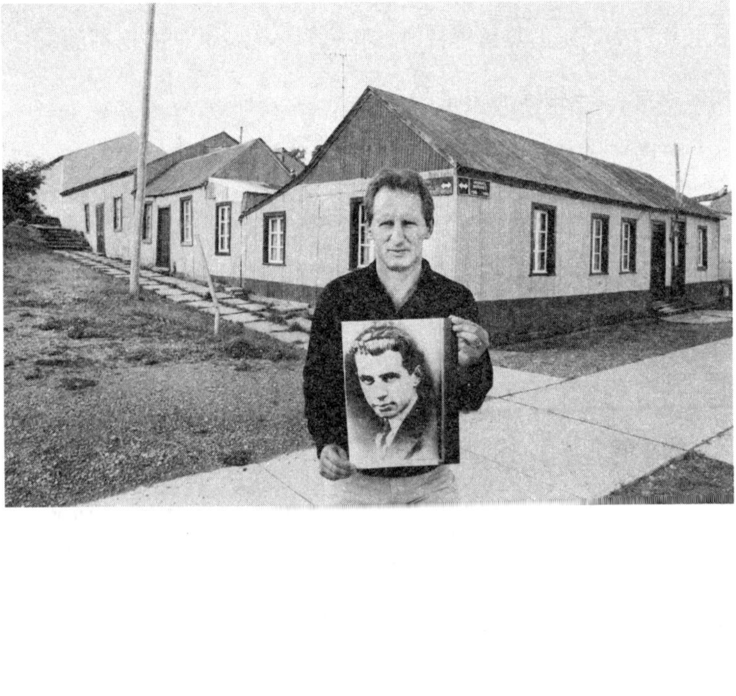

站起来，拿了一串很大的钥匙，把我们带到了那珍贵宝藏的门前。

有木质墙壁的宽敞厅堂已经变成存放旧家具的储藏室，但依然散发着电影放映厅的气息。缺了几排扶手椅，然而有布景帘的舞台上幕布紧绷，正邀请人们随意坐在哪里，等待灯光熄灭的那一刻，好让电影的魔力展开，让人进入那个由人类在击溃时间独裁上最成功、最荣耀的努力中，用智慧创造的世界。

在那独一无二的放映厅中，观众们观看着在他们自己的宇宙、环境、日常生活中拍摄的，展现他们习俗、节日、习惯、工作以及悲伤与喜乐的，由邻居、亲戚或熟人主演的影片。现实一定会觉得自己得到了那种艺术创造的补养，这在人类历史上是极为少见的情况。

人们知道何塞·波尔和安东尼奥·拉东尼克拍摄了五十多部影片，其中的一些，比如《在奥纳人之间》或《河道上的人》曾被一些世界电影史书籍提及，但却无人知晓这些世界电影的先驱珍宝的下落。

在放映间中，放映机仍在等待，警觉地立在那儿，等待着一双敏捷的手将电影胶片放上去，让它经过那些神秘的、

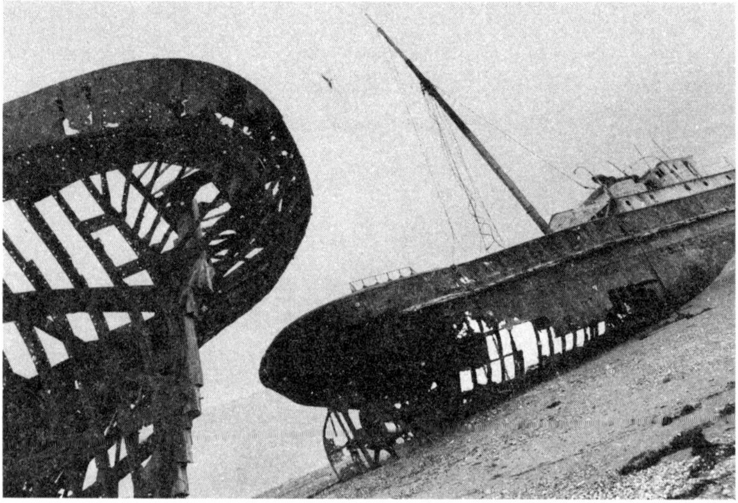

调整它紧绷程度的枢轴，并令电影画面开始在巨大的电弧前鱼贯而行，并凭借光线的全力，将画面推向屏幕。

在放映机的一侧，在支撑卷盘的柜子上，依稀还留着一些赛璐珞的痕迹，那是掠夺行为的无声见证，空空的插板令人想起敞开的血管，它们正等待着所有用那台老式百代一二二〇拍摄的影片的回归。

何塞·波尔和安东尼奥·拉东尼克在一九二五年分开了。克罗地亚人留在了电影放映厅，并把它一直开到了一九四五年。而波尔在电影的诱惑下先去了布宜诺斯艾利斯，作为多部音乐作品的作曲者脱颖而出，并最终去了好莱坞碰运气。

在多首何塞·波尔创作的歌曲中，有一首传遍了全球，人们用很多语言来传唱或伴着它跳舞。它有一段副歌唱道：

她的脸颊上有颗痣，

让我惊呼

多美妙啊！

半个世界的人都相信那颗痣的主人是波尔在美国认识的众多女子中的一个；然而，在那个小而庄重的波尔韦尼尔地

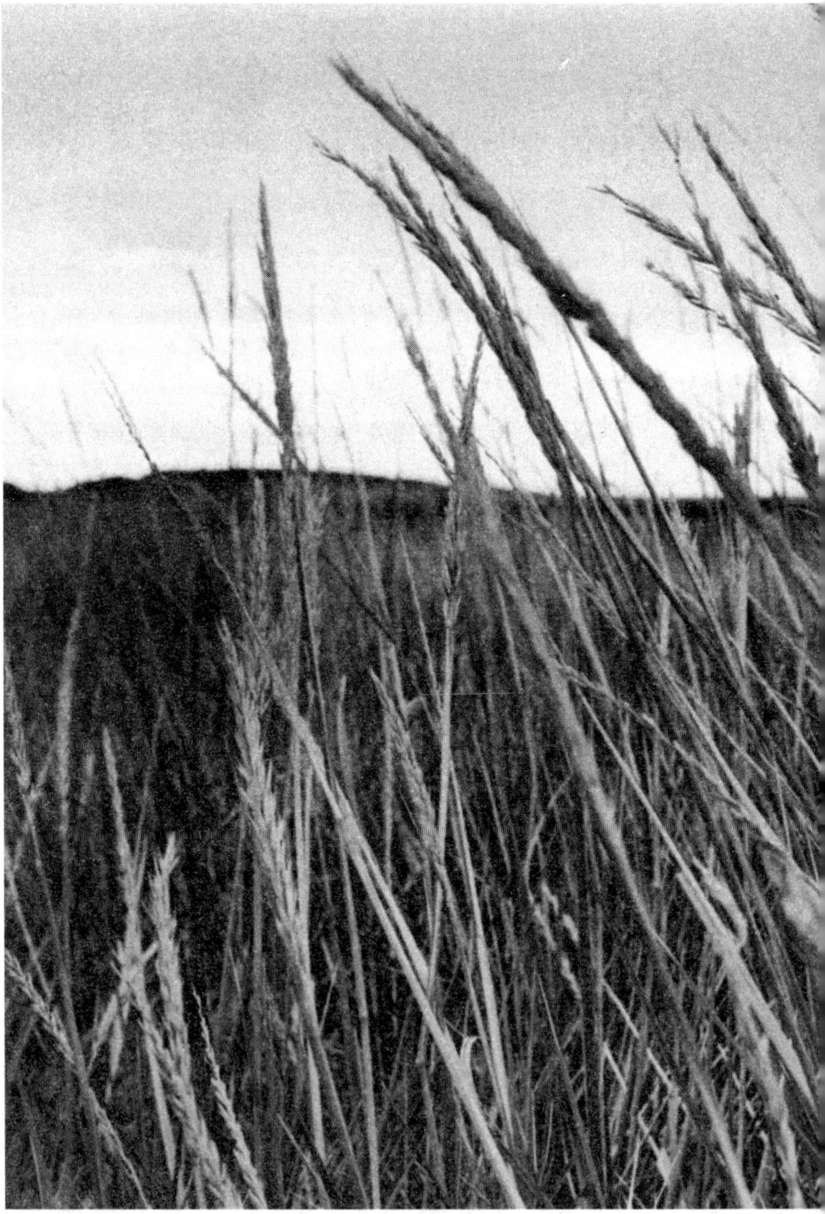

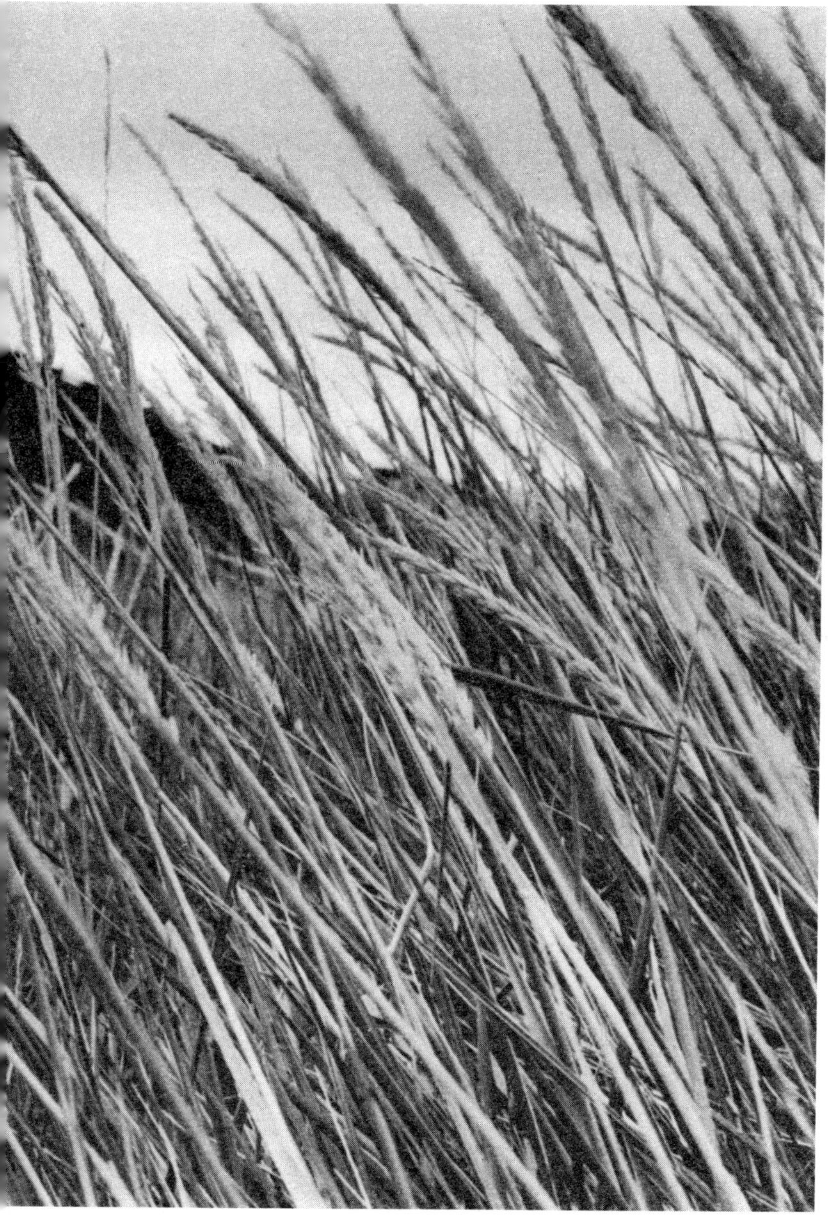

区博物馆中,可以看到一个在距离合恩角非常近的三丘岛[1]被找到的雅干[2]女人的木乃伊。那个被人们称为"Kel'ha"(雅干语中的"美人")的雅干女人,至今仍旧完美地保持着她的容颜,在她右侧的面颊上,有一颗诱人的神秘的痣。

在与莫里森太太和几位拉东尼克告别之后,我们回到了机场,要飞回蓬塔阿雷纳斯。没有任何事能与傍晚时飞在麦哲伦海峡上空相比。太阳向太平洋落去,它点燃了平原,在冰川上映射着它的火焰。一切看起来都像巨大的炭火,于是,像那些坐在海豹皮做的轻薄船只上划过海峡的古老航行者一样,我们中的一个人怀着敬意喃喃道:"是的,是真的。这就是火地岛。"

---

[1] 三丘岛,大火地岛旁的一个小岛。
[2] 雅干,火地岛原住民的其中一族。

感　谢

感谢托尼·洛佩兹·拉马德里、路易吉·布利欧希、安妮玛丽·枚泰列、马努埃尔·瓦伦特以及吉奥吉欧斯·米勒希奥提斯，感谢他们兴奋地支持着这趟也许会出一本书的旅行。

感谢圣卡洛斯—德巴里洛切的雷诺专卖店主，感谢他在一九九六年交给我们一辆车，并且附加的唯一条件是归还时"已经开了很远"。

感谢卢卡斯·恰贝和他在埃布印的朋友。

感谢佩德罗·希富恩特斯，对朋友们来说他是"佩德罗·巴塔哥尼亚"。

感谢苏莱马和哈依梅的热情招待。

感谢埃尔马依顿的火车工人，尤其是马尔塞罗，我们的复仇者飞行员。

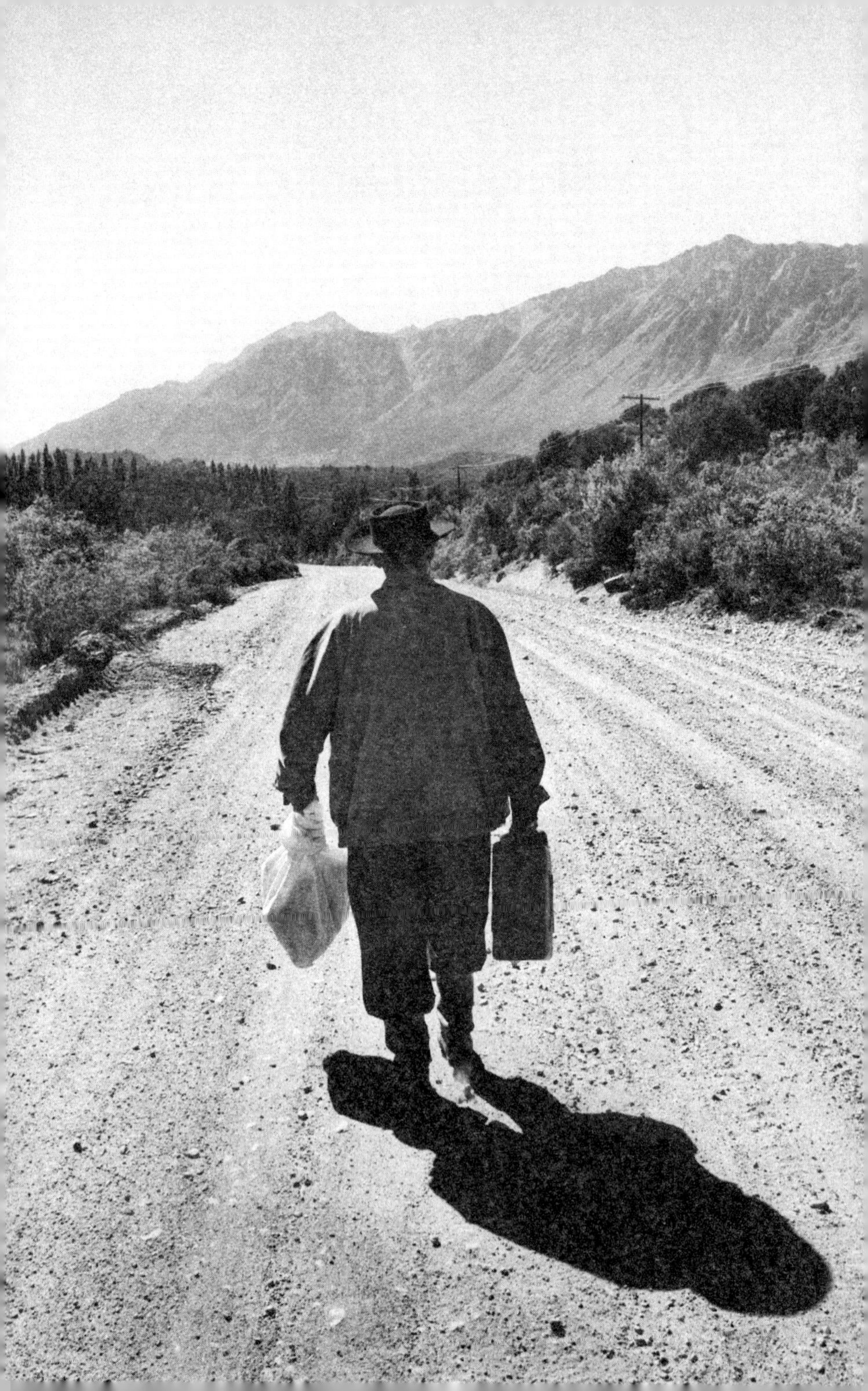

感谢维维安娜、卡门、霍纳斯、阿纳埃尔、卡洛斯、宝丽娜、塞巴斯蒂安、马克斯、莱昂和豪尔赫，感谢他们听过了我们这些故事的一部分。

感谢何塞·马努埃尔·法哈尔多、卡拉·苏亚雷斯、安东尼奥·萨拉比亚、劳伦·门蒂乌埃塔、阿尔丰索·马泰奥萨·加斯塔、艾米莉亚和维克多·安德雷斯科，感谢他们在烤肉和烤肉之间带着无限的耐心听了这些故事。

感谢所有在旅途中帮助过我们的人。

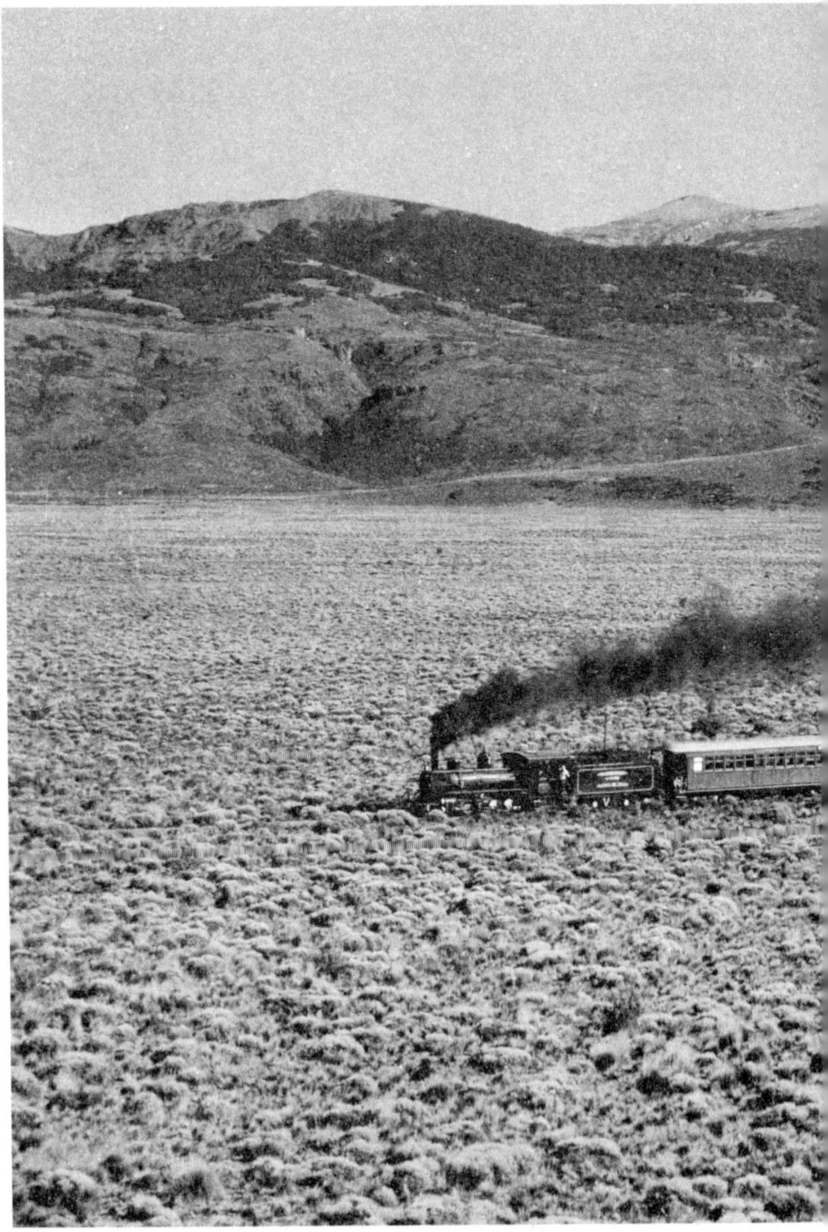

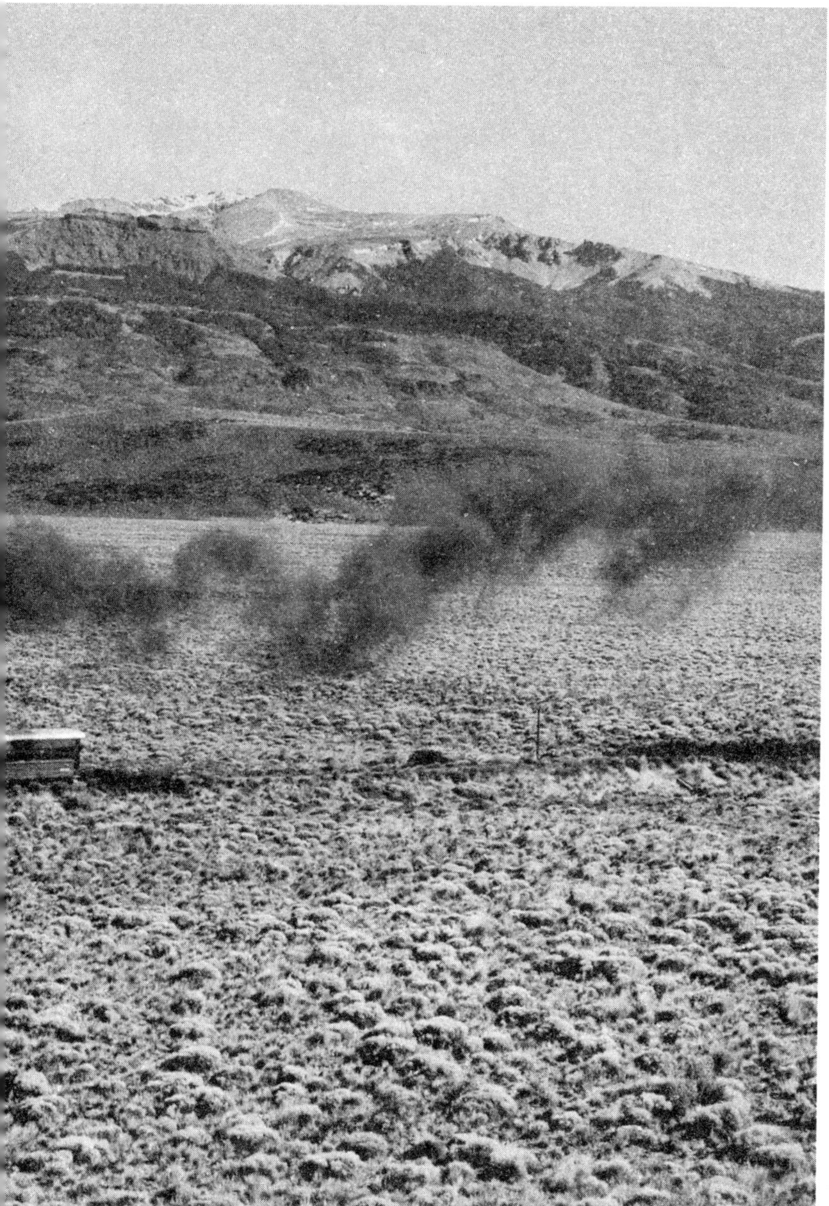